The Return of the Dragon

危機のドラゴン

レベッカ・ラップ
Rebecca Rupp
鏡 哲生 訳

評論社

危機のドラゴン——目次

危機のドラゴン

本文中の（　）内の小字は訳者による注です。

装幀／川島　進（スタジオ・ギブ）

1　ふたたび孤島《ことう》へ

「ザカリー！　サラ・エミリー！」

階段《かいだん》をいきおいよく駆《か》け上がりながら、十二歳《さい》のハナは、弟と妹の名をさけんだ。

弟のザカリーはもうすぐ十一歳《さい》。妹のサラ・エミリーは九歳《さい》になった。

二人は、ザカリーの部屋の床《ゆか》にすわりこみ、モノポリーをしていた。部屋にハナの声がひびいたのは、ザカリーがアトランティック通りと電力会社の購入《こうにゅう》をすませた直後のこと。これは実に抜《ぬ》け目のない契約《けいやく》だ。

「こっちよ。こっちの部屋」

サラ・エミリーがさけび返す。

ドアがいきおいよく開かれ、ハナが飛びこんできた。ほほはピンク色に染《そ》まり、茶色の瞳《ひとみ》がキラキラかがやいている。

「信じられないことが起こったの！　とってもすてきなこと」

いつになく大きな声で、ハナがまくしたてる。

「たった今、お母さんから聞いたの。お母さんとお父さん、春休みにヨーロッパへ行くんだって」

「ヨーロッパ？」

サラ・エミリーは、分厚《ぶあつ》い眼鏡《めがね》ごしに、ハナの顔をまじまじと見つめる。

「ぼくらも行けるの？」

ザカリーがたずねる。

「それよりずっとすてきなこと！」

興奮《こうふん》さめやらぬ面持《おもも》ちで、ハナが続ける。

「わたしたち、マヒタベルおばさんのお家《うち》に行けるの！　孤島《ことう》のね。そして今度は、なんとマヒタベルおばさんもいっしょよ！」

ザカリーが、歓喜《かんき》のさけび声をあげる。ハナは、満面の笑《え》みをうかべると、ザカリーのベッドの上に散らばっているコンピューターのマニュアルや、新しいロケットのプラモデルの部品を押《お》しのけ、ベッドによじのぼり、深々と腰《こし》かけた。

「国際《こくさい》クジラ会議っていうのがロンドンで開かれるらしいのよ。お父さん、そこで演説《えんぜつ》するんだって。お母さんもついていって、会議のあとに、そろって休暇《きゅうか》をとるみたい。二人っきりだから、二度めのハネムーンってところね。でも、いっしょに連れていかないとわたしたちが不《ふ》機嫌《きげん》になるんじゃないかって、心配してる」

「わたし、孤島《ことう》のほうがいい」

サラ・エミリーが言う。

「わたしも」

ハナの視線《しせん》が、ザカリーのベッドのわきの壁《かべ》にかけられている、孤島《ことう》の地図に向けられる。

「待ちきれない。ドレイクの丘《おか》にもどって、そこで……」

「しーっ！」

ザカリーは、モノポリー盤《ばん》におおいかぶさるようにして手を伸《の》ばすと、ハナの足首をつかんだ。もう少しで、ザカリーのおなかが、「公園通り」の升目《ますめ》に置かれたサラ・エミリーのホテルの駒《こま》を、たおしそう。

「彼《かれ》のことは秘密《ひみつ》にする、安全なまま守るって、約束しただろ！　わすれちゃった？　彼《かれ》の名前すら口にするべきじゃないんだよ、まったく」

「なんで、だめなのよ！」ハナが言い返す。

「そうよ。ほかにだれもいないんだから、いいじゃない」サラ・エミリーも口をとがらせる。

「そういう問題じゃないんだよ」

ザカリーが声をひそめる。

「日頃《ひごろ》から、ちゃんとくせをつけておかないとね。いつ、どこに、スパイがひそんでるかわからないんだから」

「ここにはいそうもないですけど」と、ハナ。

「それこそが、やつらの手なんだって」

ザカリーの目つきがするどくなる。

「まさかここにはいないだろうってところに、ひそんでいるもんなんだ、あいつらは」

このところ、ザカリーは、秘密《ひみつ》諜報員《ちょうほういん》の小説にはまっていた。あめ玉ほどの大きさしかない隠《かく》しカメラと、一キロ先のひそひそ話でさえ拾えるマイクをあやつる、諜報員《ちょうほういん》のお話。

「そうだ、彼《かれ》のことは、常《つね》に暗号名で呼《よ》ぼう。〝F《エフ》〟にしよう。たとえ、ほかの人がぼくたちの会話を聞いたとしても、ちんぷんかんぷんなようにね。マヒタベルおばさんが手紙でそうしてるみたいにさ」

「なんか、すっごい昔みたいに感じる。ときどき、全部夢《ゆめ》だったんじゃないかなって思う」

ザカリーの提案《ていあん》などまったく耳に入らないといった様子で、サラ・エミリーがつぶやいた。

「そういうときは手を見るの。ほら」

ハナは腕《うで》を伸《の》ばすと、てのひらをサラ・エミリーに見せる。てのひらの真ん中で、針《はり》の先ほどの小さな金色の点が、キラキラかがやいている。

ザカリーとサラ・エミリーは、あらためて、自分のてのひらをまじまじと見つめた。そこには、ハナのとまったく同じ金色の点がかがやいていた。

ザカリーは、あわてて、てのひらをにぎりしめ、神秘的《しんぴてき》なその印をかくすと、つぶやいた。

「ひ・み・つ」

それからの数週間は、なかなか時が先に進まなかった。もう春休みなんて来ないんだ、とすら思えるほどに。

旅立つちょうど一週間前、予期せぬ知らせがマヒタベルおばさんからとどいた。あわてて書いたのだろうか、その手紙は、ラベンダー色のインクでなぐり書きされていた。

「あらら」読み終えた母親が言う。「まったく、なんてことなの」

「どうしたの？」怪訝《けげん》な表情《ひょうじょう》でハナがたずねる。

「おばさん、島には行けないわ。ころんで足首を骨折《こっせつ》してしまったんですって。心配いらないとは書いてあるけど、治《なお》るまで数週間はじっとしてないといけないらしいの。おばさん、とってもがっかりしてる。あなたたちあての手紙も入ってるわ。はい」

母親は、子どもたちに封筒《ふうとう》を手わたすと、大急ぎでおばさんに電話をかけに行った。

封筒《ふうとう》のあて名は、ハナ、ザカリー、サラ・エミリーの連名だ。エメラルドグリーンのロウで封《ふう》じられており、そのとなりには「極秘《ごくひ》」というスタンプが押《お》されている。

「早く開けようよ」

サラ・エミリーがハナの腕《うで》を引っぱる。

ハナは封蠟《ふうろう》をこわすと、便箋《びんせん》を取り出した。

愛するみんなへ

今回、わたしの身にふりかかったこのバカげた災難《さいなん》に対して、なかなか怒《いか》りがおさまりません。あなたたちと過《す》ごすはずだった春休みが、台なしです！　ものすごく入れこんでいたのに。

わたしが心から信頼《しんらい》しているジョーンズ夫妻《ふさい》は、必ずや、あなた方のめんどうをきちんと見てくれることでしょう。あなたたちは、われら共通の友のめんどうをきちんと見てくださいね。そして、行けなくてくやしいわたしの気持ちをＦ《エフ》に伝えて。いつもあなたのことを想《おも》ってるわって。
心からの愛情《あいじょう》をこめて
マヒタベルより

「あー、もう最低」ハナが肩《かた》を落とす。

「おばさん、かわいそう」サラ・エミリーもうなだれる。

母親が、あわただしく部屋にもどってきた。やれやれと首を横にふると、子どもたちに向かって、こまったような、微妙《びみょう》なほほえみをうかべた。

「なんで、マヒタベルおばさんがあのお年で木に登れると思ったのか、理解《りかい》に苦しむわね。関節炎《かんせつえん》もあるっていうのに……。でも、だいじょうぶ。ちゃんと治《なお》るって。あなたたちも、ジョーンズさんたちと楽しく過《す》ごせるわよね」

孤島《ことう》に住む人間は、ジョーンズ夫妻《ふさい》だけだ。夫妻《ふさい》は二人きりで、マヒタベルおばさんの家を管理している。夫のジョーンズ氏は、船でアメリカ本土と島を往復《おうふく》しては、手紙や食料や雑貨《ざっか》を運んでくれる。奥《おく》さんのマーサさんは、料理の達人だ。

「また、あのドーナッツ、作ってくれるといいな」

ザカリーののどからは、今にも手が出てきそう。

「オートミール・クッキーも」

間髪《かんぱつ》入れずにサラ・エミリーが付け加える。

「食べること以外にも、あっちでやることが見つかるといいんですけど」あきれ顔の母親が言う。「とはいえ、まだ肌寒《はだざむ》いでしょうから、海で泳ぐには早すぎるし……」

「だいじょうぶ」ハナが、母親の言葉をさえぎった。「やることなんて、山ほど見つかるんだから。あそこでは」


父親と母親は、メイン州（アメリカ合衆国《がっしゅうこく》の最東北に位置する州）のチャドウィック港まで、子どもたちを連れてきた。ロンドンへと飛び立つ前に、ジョーンズ氏にあずけるためだ。

ジョーンズ氏はすでに、船着き場で一家を待っていた。桃《もも》色のほほ。ふさふさの灰《はい》色ひげ。遠目にはサンタクロースに見えなくもない。子どもたちはジョーンズ氏に駆《か》けより、飛びついた。

「おばさんは？　お元気？」

「バスター、どうしてる？」

バスターはジョーンズ家のネコの名前。灰色《はい》で太めの雌《めす》ネコだ。

「マーサ号、運転してもいい？」

ザカリーがおねだりする。

両親から子どもたちに、注意事項《じこう》の最終確認《かくにん》がおこなわれた。続いて親子は、さよならの抱擁《ほうよう》を交わす。

子どもたちは、ジョーンズ氏とともに船に乗りこんだ。ザカリーが船を沖《おき》へと出す。子どもたちは、岸からはなれるにつれ小さくなる両親に向かって、手をふった。

「わたし、こういうとき、さよならって言うの、好きじゃないんだ」

サラ・エミリーが鼻をすする。

「『さよなら』じゃなくてもいいんじゃないかな？」

ジョーンズ氏が声をかける。

「『また会う日まで』の『またね』でいいんじゃない。おっ、ほら、前を見てごらん。孤島《ことう》が出てきて、みなさんにあいさつしているよ」

マヒタベルおばさんの家を見つけようと、子どもたちがいっせいに身を乗り出す。

「あった！」サラ・エミリーがさけぶ。「風向計も見える！」

おなじみの建物が、ゆっくりと視界《しかい》に入ってきた。古いビクトリア調の建物だ。灰色《はい》の壁《かべ》。

広いベランダ。高い塔《とう》。バルコニー。回転する鉄製《せい》の風向計は、船の形をしている。帆《ほ》に風をはらんだデザインの船だ。

開けっぱなしの玄関《げんかん》のすぐ外で、ジョーンズ夫人が子どもたちを待ちかまえていた。夫人は、子どもたちを順々に抱《だ》きしめると、大きくなったわね、と耳打ちした。自分ではまったく成長していないと感じていたサラ・エミリーに向かっても、同様に。

「みなさん、どの部屋が自分の部屋か、覚えてるわよね」

ジョーンズ夫人が、おもむろに右手を上にあげる。

「部屋まで競争よ！　位置に着いて、よーい、ドン！」

階段《かいだん》を駆《か》け上がるとちゅう、子どもたちはいっせいに立ち止まり、そろってマヒタベルおばさんの居間《いま》をのぞきこんだ。部屋は、この前来たときのままだった。窓《まど》には緑色のビロードのカーテンが垂《た》れ下がり、壁《かべ》の前には、とびらに金色の樹木《じゅもく》が描《えが》かれた中国製《せい》の飾《かざ》りだんすが置かれている。背《せ》もたれが垂直《すいちょく》で、表面をおおう布《ぬの》が鋲留《びょうど》めされている椅子《いす》、細長い脚《あし》の小さなテーブル、ゾウの足でできた腰《こし》かけ、セイウチの剝製《はくせい》に見えてしかたのない馬巣織《ばすお》りのソファーも見える。

「ほら、望遠鏡！」

サラ・エミリーが、ザカリーに向かってさけぶ。この望遠鏡、マヒタベルおばさんの家を建てた船長が使っていたもので、ザカリーが愛してやまない一品だ。

ザカリーがゾウの足の腰《こし》かけを指さし、ハナをからかう。

「あっ、ハナのお気に入りがある！」

「きらいだって！」ハナが顔をしかめる。「とくに指のところがだめなのよね。でも、あの腰《こし》かけ以外は全部、最高。また自分の居場所《いばしょ》にもどってきたって感じ」

「ほんと、そんな感じ」サラ・エミリーがうなずく。「ずっとここにいたような感じ」

ほどなく荷物はとかれ、服がたんすの引き出しの中にならべられた。

空《から》の旅行かばんをベッドの下へ押《お》しこむと、子どもたちは一階の食堂に集合した。ジョーンズ夫人お手製《てせい》のオートミール・クッキーをひとつ残らず食べつくし、マグカップから湯気を立てているココアを一滴《てき》残らず飲みほす間に、島で起こった最近の出来事を、ひとつ残らず確認《かくにん》しなくては。

「聞きましたよ、おばさんの足首のこと」

ジョーンズ氏は、おばさんの具合が気がかりだった。

「くやしかったろうね。ご両親がロンドンに行っている間、君たちと島にいられなくて」

「母は、大事にはいたらないだろうって。ただ、もうしばらくは歩きまわれないだろう、とも言ってました」

ハナが報告《ほうこく》する。

「お気の毒に」

ため息まじりにジョーンズ夫人がつぶやく。

「まったくもってお気の毒だ。ここにいっしょにいられないなんてね」

ジョーンズ氏もくやしそう。

「それはそうと、実はちょっとした〝事件《じけん》〟とでも呼《よ》ぶべきことがあってね。どうやら、島に訪問者《ほうもんしゃ》が来ているみたいなんだ。まだ人の姿《すがた》までは確認《かくにん》していないんだけど、島の北のはしに船が停泊《ていはく》しているのを見たんだよ。みなさんよくご存《ぞん》じの、岩が折り重なった〝ドレイクの丘《おか》〟のすぐ近くでね」

2　浜辺《はまべ》の侵入者《しんにゅうしゃ》

「たぶん、ぜったい、だいじょうぶ」

寝《ね》る前、子どもたちだけでザカリーの部屋に集まったとき、ハナは、自分に言い聞かせるようにこう断言《だんげん》した。

「漁師《りょうし》さんか何かに決まってる。だって、だれも知ってるはずないもん、あの偉大《いだい》な……」

「ちょっと！」

ザカリーが、口をすべらせそうなハナを牽制《けんせい》する。

「あの……F《エフ》のことなんて」

「そうよ。それに、かんたんに見つかったりしないでしょう、彼《かれ》の洞窟《どうくつ》？」

サラ・エミリーは、二歳《さい》のときからいっしょに寝《ね》ている黄色いゾウのぬいぐるみ、片耳《かたみみ》のオベロンを、ぎゅっとにぎりしめた。今日のオベロンは、とても不安そうに見える。

「あそこのこと、くわしく知らなきゃ見つけられないはず……そうでしょ？」

オベロンの目はボタンでできている。サラ・エミリーがオベロンを強くにぎりしめるたびに、ボタンが前に飛び出る。そのせいで、オベロンがびくびくおびえているように見えるのだ。

「気に入らないぜ」ザカリーが、もったいぶった口調で言う。「危険《きけん》な香《かお》りがする。不審《ふしん》な人物がうろちょろしてるなんてね。スパイかもしれない。そいつら、レーザー光線眼鏡《めがね》かなんかで岩を透視《とうし》しちゃうかも」

「いいかげんにして、ザカリー」ハナがさえぎる。「くだらない本の読みすぎだって。サラ・エミリーが本気にして、おびえてるじゃないの」

ぽんぽん。ハナは、オベロンの頭をやさしくたたくと、サラ・エミリーを引きよせ、そっと抱《だ》きしめた。「心配ないって。だいじょうぶよ、きっと」

「そう……だといいけど」ザカリーはまだ、しゃくぜんとしない。

「すぐにわかるわ」ハナが言う。「明日朝いちばんに行って、調べるの」

「今すぐ行ければいいのに」サラ・エミリーは気が気じゃない。

サラ・エミリーがまぶたを開けると、枕《まくら》もとにそそぎこむ朝の光が目に飛びこんできた。ザカリーが足をゆすっている。目をこすりながら、上半身を起こしてみる。

ザカリーはもう着がえていた。ただ、うす茶色の髪《かみ》の毛をとかしつけていなかったので、髪《かみ》という髪《かみ》がみな、つんつん逆立《さかだ》っていた。まるで、まだら模様《もよう》のハリネズミみたいだ。

「早く着がえてよ。せっかく、むちゃくちゃいい天気なんだからさ。朝ごはん食べたら、すぐに出発だからね」

子どもたちは、食堂で卵《たまご》をかきまぜているジョーンズ夫人を発見。夫人のピンクのエプロンの下から、色あせたオーバーオールが見えかくれしている。テーブルの上では、山盛《も》りのブルーベリー・マフィンが湯気を立てていた。食堂のゆり椅子《いす》の上では、ネコのバスターが足を宙《ちゅう》にうかせ、あおむけの体勢《たいせい》のままねむっている。

サラ・エミリーは、出発前の興奮《こうふん》で、とても何かを口にできる状態《じょうたい》ではなかった。今度で四個《こ》めになるマフィンに手を伸《の》ばしているザカリーを、テーブルごしににらみつける。

「急いでるんじゃなかったの？　もう」

「ちゃんと急いでるじゃん」

ザカリーが言い返す。

「ただ、成長期だからね。ガソリンは満タンにしとかないと」

そう言うと、ほんの二口でマフィンを飲みこんだ。ハナが、やれやれと首を横にふる。テーブルの上のものがきれいになくなると、子どもたちは、ジョーンズ夫人に「ごちそうさま」と「行ってきます」を大きな声で言い、裏口《うらぐち》から庭の門に向かって、われ先にと駆《か》け出した。ザカリーは、お菓子《かし》のふくろ、懐中電灯《かいちゅうでんとう》、双眼鏡《そうがんきょう》、スイス・アーミー・ナイフ、ノート、シャープペンでぱんぱんにふくらんだバックパックを背負《せお》っている。常《つね》に重装備《じゅうそうび》じゃないと安心できない性格《せいかく》なのだ。今日は、スパイとの遭遇《そうぐう》にそなえ、虫眼鏡《むしめがね》、そして、この前の誕《たん》生日《じょうび》にもらった携帯用《けいたいよう》テープレコーダーも荷物に加えた。

「ラクダさんのコブみたい」サラ・エミリーが言う。

「きっと、マフィンがつまってできたコブね」ハナがからかう。

すばらしい天気だった。ほどなく子どもたちは、なじみの道に出た。島の北のはしにある丘《おか》へと向かって続く、細く古い小道だ。まばゆい青空のもと、暗くうかび上がる丘《おか》。動くものは何もなく、丘《おか》全体が不思議な静けさに包まれていた。子どもたちは足を早める。

ちょうど半分の距離《きょり》まで来たところで、おなかにお菓子《かし》を補給《ほきゅう》。ふたたび小道を急ぐ。茂《しげ》みをぬけ、丸石がごろごろしている場所をまわりこみ、野原を突《つ》っ切る。ついに三人は、ドレイクの丘《おか》のふもとへとたどりついた。

息が切れた子どもたちは、しばらくその場にたたずみ、丘《おか》を見つめていた。海からの風で奇《き》妙《みょう》な形に折れ曲がったモミの木の茂《しげ》みが、丘《おか》に緑のまだら模様《もよう》をつくっている。頂上《ちょうじょう》付近では、巨大《きょだい》な岩が折り重なっている。まるで、不器用な巨人《きょじん》が作りそこねた塔《とう》の跡《あと》のよう。

とつぜん、ザカリーがハナの腕《うで》をつかんだ。

「ねえ、ちょっと！　だれかここに来てる」

「はいはい。どうせまたスパイとか言うんでしょう。ありえない」

ハナはとりあわない。

「じゃあ、これは？」

姉妹は、彼《かれ》の指がしめす場所を見た。そこは、丘《おか》のふもとの枯《か》れ草しかない平らな場所。まだ早春だ。緑が芽吹《めぶ》くには早い。よく見ると、枯《か》れ草の合間に、右へと向かって点々と続く痕《こん》跡《せき》がかすかに識別《しきべつ》できる。その跡《あと》は、曲がりくねりながら海岸のほうへと続いていた。

「ウサギかな？」

そうであってほしいという願いをこめて、サラ・エミリーが言う。

ザカリーが首を横にふる。

「ウサギにしては大きすぎる。人の通った跡《あと》だよ。ほらあそこ、靴《くつ》のかかとの跡《あと》だ」

「たどってみましょう」

ハナが言った。

足跡《あしあと》は丘《おか》のふもとにそって続き、背《せ》の低い木の藪《やぶ》の中へと消えていた。藪《やぶ》をまわりこんで進む子どもたちの耳に、波のくだける音が聞こえてきた。

「ほらね、ウサギだって言ったでしょ」

藪《やぶ》を見ながら、サラ・エミリーが言う。

とつぜん、先頭を行っていたハナが立ち止まった。

「見て！」

ザカリーとサラ・エミリーはハナの背中《せなか》にぶつかり、目から火が出た。

白いテントが五つ、砂丘《さきゅう》の合間、かくすように建てられていた。だれかが砂浜《すなはま》にキャンプを設営《せつえい》している。一つのテントだけ特別大きかった。

「きっと隊長のテントだ」

ザカリーがつぶやく。

大きなテントには、プラスティック製《せい》の窓《まど》がついていた。夜、外から中をのぞけないよう、白い木綿《もめん》の粗布《あらぬの》で幕《まく》ができる仕組みになっている窓《まど》だ。両開きの出入り口は、ジッパーで開け閉《し》めするタイプ。出入り口のすぐ外には、木製《せい》の折りたたみ式椅子《いす》とテーブルがあり、椅子《いす》のわきには、三脚《さんきゃく》にそなえつけられた巨大《きょだい》な黒い双眼鏡《そうがんきょう》がある。

子どもたちが木の幹《みき》のかげから様子をうかがっていると、ジッパー式の出入り口が開き、中から、中年の男が出てきた。背《せ》が高く、やせ形。黒のスーツに身を包み、はでな刺繍《ししゅう》の入った帽子《ぼうし》をかぶっている。腕《うで》を組み、静かにたたずむその表情《ひょうじょう》は、実にいかめしい。目は細く、真一文字に見える。中国人だろうか。やがて男は、気取った感じで歩き出すと、テントとテントの間に消えた。どうやら海に向かったようだ。

「だれ、あの人？」

おびえた声でサラ・エミリーがつぶやく。

ザカリーとハナも、不安そうにたがいの顔を見つめる。

「侵入者《しんにゅうしゃ》……だね」

ザカリーが言う。

子どもたちはしばらくキャンプを見張《みは》っていたが、テントは静かなまま。新たな動きはなかった。布地《ぬのじ》の出入り口はかたく閉《と》じられ、人の気配すらしない。

「そろそろ行かないと」

ハナが重い口を開いた。

子どもたちは〝まわれ右〟をすると、もと来た方向へと、藪《やぶ》の合間をはって進んだ。

「会いに行かなきゃ……F《エフ》に」ザカリーの気がせく。「早く警告《けいこく》しないと」

3　秘密《ひみつ》の隠《かく》れ家《が》

子どもたちは、大急ぎで、来た道を引き返した。一刻《いっこく》も早く、浜辺《はまべ》の白いテントから遠ざかりたかった。

「いったい何者なんだ、あのテントにいたやつ？」

ザカリーは、いらだちをかくせない。

「それに、残りの連中はいったいどこ？　まあスパイなら、どこにかくれてたって不思議じゃないけどさ」

「ちょっと！　少しは静かにしてられないの」

ハナがたしなめる。

「さあ、登るわよ！」

子どもたちは、ドレイクの丘《おか》の急な勾配《こうばい》を進む。やがて、大きな岩が巨大《きょだい》な階段《かいだん》のように折り重なっているところの手前まで来た。この岩が、丘《おか》の頂上《ちょうじょう》を形成している。子どもたちは、慎重《しんちょう》に岩をよじのぼる。手足の感覚を思い出しながら、ゆっくりと。そしてついに、海が一望できる天然の展望台《てんぼうだい》のような場所、いちばん上の岩棚《いわだな》のところまでたどりついた。展望台《てんぼうだい》の向こう側で、洞窟《どうくつ》が真っ黒な口を開けている。子どもたちにはもうおなじみ、秘密《ひみつ》の隠《かく》れ家《が》への入り口だ。洞窟《どうくつ》を前に、子どもたちの鼓動《こどう》が早まる。

果てしなく続く深い青色の海。風が打ち当たり、ところどころ白く泡立《あわだ》っている。そして島の海岸からほんの少しだけはなれた場所、そこに……。

ザカリーが息をのむ。そして、「見て、あれ！」と、崖《がけ》の下を指さした。

指の先に、大きな白い船が停泊《ていはく》していた。

「すごいヨットね」

船のあまりの豪華《ごうか》さは、ハナが思わず後《あと》ずさりするほど。

「浜辺《はまべ》にキャンプを張《は》ってたやつらの一味だよ。ぜったいそうさ。そうに決まってる」

ザカリーは、バックパックに手を突《つ》っこむと、小さな双眼鏡《そうがんきょう》を引っぱり出した。目に当て、焦点《しょうてん》を合わせると、舳先《へさき》から船尾《せんび》まで、船全体をゆっくり見わたした。

「変だよ。船に名前がないもん。どんな船にだって名前があるのに。あんなに小さいジョーンズおじさんの船だって名前が書いてある。だけど、この船には何も書いてない。真っ白けだ」

「見せて」

ハナが双眼鏡《そうがんきょう》に手を伸《の》ばす。

するととつぜん、ヨットのとびらが開き、男が一人、ぴかぴかにみがかれた甲板《かんぱん》の上に姿《すがた》をあらわした。ていねいに刈《か》りこまれた灰色《はい》の髪《かみ》。肩《かた》はばが広く、肌《はだ》は浅黒い。黒っぽいズボンに白の厚手《あつで》のセーターを着ている。

男はしばらく海を見つめていたが、やがて、ゆっくりと島のほうをふり返った。カモメが男の前を横切る。白い翼《つばさ》に太陽が反射《はんしゃ》し、きらめく。男は双眼鏡《そうがんきょう》を手に取ると、目に当てた。

子どもたちは、あわてて岩のかげに身をかくす。

「あいつ、F《エフ》の洞窟《どうくつ》のほうを見てたよ！　洞窟《どうくつ》のこと、怪《あや》しいって思ってるんだ」

ザカリーがささやく。

「そんなわけないでしょう？　考えすぎだって。カモメを見てただけだって」

もうかんべんしてよ、といった調子でハナが言う。

ザカリーは、用心しながら岩の上から顔を出すと、ふたたびヨットをじっくり観察した。

「あの船、テントにうろつく人影《ひとかげ》……なんだか、すごくいやな予感がするんだよね」

灰《はい》色の髪《かみ》の男は、双眼鏡《そうがんきょう》を下におろすと、小さなメモ帳に何か走り書きをしている。

ハナが安堵《あんど》の表情《ひょうじょう》をうかべる。

「ほらね。きっと、バード・ウォッチングの人なのよ。あの人たち、いつもメモを取ってるもの。いつ、どこで、なんの鳥を見たかってメモ」

「また船の中にもどるみたい」

ザカリーが男の動きを中継《ちゅうけい》する。

「甲板《かんぱん》を横切ってる……今、見えなくなった」

「さあ、ファフニエルのところに行きましょう！」

ハナが二人をうながす。そして、この言葉を聞き、眉《まゆ》をひそめたザカリーが口を開こうとする前に、続けた。

「わかってるわ、ザカリー。あなたが何を言いたいか。でもね、今は、ファフニエルをどう呼《よ》ぶかなんて気にしてる場合じゃないと思うの。そんなことより、あの船やテントの人のこと、何か知らないか、彼《かれ》に聞かなきゃ」

ザカリーは、双眼鏡《そうがんきょう》をかばんにもどすと、今度は懐中電灯《かいちゅうでんとう》を引っぱり出した。

「行こう。ぼくが先頭ね」

三人は一人一人、頭を低くすると、洞窟《どうくつ》の入り口をくぐった。中に入るやいなや、子どもたちは、去年の夏に覚えた特別なにおいをかぎとった。お香《こう》と、シナモンと、煙《けむり》がごちゃまぜになったようなにおいだ。

洞窟《どうくつ》の中は、入り口からは想像《そうぞう》できないくらい広い。ザカリーの懐中電灯《かいちゅう》が、不気味な模様《もよう》を岩の壁《かべ》にうかび上がらせる。中にちょっと入っただけで、外界の音は、ぱったりと聞こえなくなった。笛の音のような風切り音も、波のくだける音も聞こえてこない。静寂《せいじゃく》が支配《しはい》する世界だ。

洞窟《どうくつ》は下に向かって延《の》びている。丘《おか》の中心部に向かい、下に、下にと。

「洞窟《どうくつ》、なんだか前よりも深い気がする」

消え入りそうな、ふるえる声でサラ・エミリーが言う。彼女《かのじょ》は暗闇恐怖症《くらやみきょうふしょう》なのだ。

「だいじょうぶだよ」すぐ前を行くザカリーが、彼女《かのじょ》を勇気づける。「もうすぐだから」

彼《かれ》がそう言うやいなや、目の前の空間がまばゆい光で満たされた。懐中《かいちゅう》電灯の光が、金色の鱗《うろこ》に反射《はんしゃ》したのだ。サラ・エミリーが息をのむ。竜《りゅう》だ。

4 再《さい》会《かい》

竜《りゅう》の名は、黄金の翼竜《よくりゅう》ファフニエル。子どもたちはすっかり承知《しょうち》している。何千年にもわたって生き続ける三つ又《また》の竜《りゅう》——頭が三つある竜《りゅう》——だ。

洞窟《どうくつ》は、ファフニエルの秘密《ひみつ》の隠《かく》れ家であり、安息《あんそく》の地だ。ずいぶんと前、まだ子どもだったマヒタベルおばさんがファフニエルにささげた、安全な、天国のような場所。

すでに八十の大台にのったマヒタベルおばさんが島《が》に来ることは、めったにない。現在《げんざい》おばさんは、フィラデルフィア（アメリカ北東部のペンシルヴァニア州南東部にある大都市）のアパートで暮《く》らしている。

去年の夏、マヒタベルおばさんは、子どもたちにヒントをあたえることで、子どもたちが竜《りゅう》と出会えるようみちびいた。さらにおばさんは、手紙を通じて子どもたちにうったえかけた。

「わたしへの信頼《しんらい》を、あなた方に引きつぐときがきました。わたしは年をとる一方。でもファフニエルには、友人と、守ってくれる人間が必要です」。

三人は、ファフニエルのことを秘密《ひみつ》のままにし、この〝安息《あんそく》の地〟を安全なまま保《たも》つことを誓《ちか》った。このことにより、子どもたちは全員、竜《りゅう》の真の友人となったのだった。その証《あかし》に、子どものてのひらの真ん中には、竜《りゅう》の爪《つめ》によってつけられた黄金の印がかがやいている。

洞窟《どうくつ》の床《ゆか》の上で、重い物体がもぞもぞ向きを変える気配がする。続いて、シュッという音。竜《りゅう》が、目覚めとともに軽く炎《ほのお》を吐《は》き出したのだ。洞窟《どうくつ》内が、ゆっくりと明かりで満たされていく。細い緑色の線がきらめきを放ったかと思うと、しだいにまん丸い光の輪へと変わっていく。目の前に、ネオンのような緑色の瞳《ひとみ》が二つ、あらわれた。

「ファフニエル……」

ザカリーの口から声がもれる。

竜《りゅう》は、のどの奥《おく》深くで低いうめき声をあげると、金色の爪《つめ》で両目をこすった。続いて首を大きく後ろにそらすと、なめらかな黄金の翼《つばさ》を交互《こうご》に広げ、伸《の》びをする。最初は右側の翼《つばさ》、続いて左側。

「ううん、おっと、これはこれは、わたしとしたことが。つい、うとうとしてしまってな」

竜《りゅう》の声は、かすれていた。竜《りゅう》は、声をもどそうと軽くせきばらいをしてから、子どもたち一人一人に向かって、仰々《ぎょうぎょう》しく会釈《えしゃく》した。

「ハナ、ザカリー、サラ・エミリー、また会えてうれしいよ。実に愉快《ゆかい》な気分だ」

「またお会いできて光栄です。ファフニエルさま」ハナが言う。「会えない間、本当にさびしかった。あれからもう何ヵ月もたっちゃって」

竜《りゅう》があくびをした。口も裂《さ》けんばかりの大あくびだ。

「ふぁ……わたしもさびしかったよ、愛《いと》しい子どもたち」

そう言うと、ふたたび小さくせきばらいをした。なかなか声の調子がもどらず、ちょっとばかりきまりが悪い様子だ。

「いや、正確《せいかく》には、きっとさびしい思いをしていたであろうと思うのだ。もし、ずっと起きていたならばね……。だが、ほら、わたしには、十分な休息というものが必要なもんで」

そう言うと、ふたたび大あくび。

「何ヵ月と申したか？　いやはや、月日がたつのは早いもんだ。何をしておった？　最後に会ってから今までの間」

ハナが答える。

「ずっと学校でした。これといったことは何も。美術《びじゅつ》の授業《じゅぎょう》を選択《せんたく》したのと、フィールドホッケーのチームに入ったくらいかな」

黄金の頭がぐるっと旋回《せんかい》し、ザカリーの正面で止まる。

「君は？　どうしてた？」

　ザカリーが答える。

「ロケットのプラモデルを何個《こ》か作りました。その中で、いちばん出来がよかったやつに、あなたっぽい名前をつけたんです。金色にぬって『黄金の翼号《つばさ》』って。ああ、飛ぶとこ見せたかったな」

「それって、あの爆発《ばくはつ》するやつかい？」

　竜《りゅう》が、うれしそうな声でたずねる。

「わたしは、あの爆発《ばくはつ》するやつが大好きでね。バーンって音とともにキラキラくだけちる星くずたち……」

「それは花火じゃない？　ぼくのは、それとはちがうやつです。エンジンがついてて、打ち上げたあと、ちゃんとパラシュートでもどってくるやつ」

「なるほど、なるほど」

　竜《りゅう》はそう言うと、目線を洞窟《どうくつ》の天井《てんじょう》へと向けた。空からおりてくる見えないパラシュートを、目で追っているかのよう。

　最後に、竜《りゅう》はサラ・エミリーと向き合った。

「そして、おじょうさん。そなたはどうしておった？」

「元気にしてました。今、ピアノの教室に通ってます」

サラ・エミリーは指で鼻をかくと、続けた。

「でも、なかなかうまくなりません。こないだ、やっと『幸せなカエル』って課題にたどりついたところ」

「練習だけが熟練《じゅくれん》への唯一《ゆいいつ》の道なり」

竜《りゅう》が、もったいぶった口調で言う。

「わたしは断言《だんげん》しよう。そなたがじきに、ええと……なんだ、その『愉快《ゆかい》な両生類』を征服《せいふく》するであろうと」

竜《りゅう》は、はっきりと聞き取れない鼻歌を何小節か口ずさむと、「実はわたしにも、音楽家になりたい……そういう秘《ひ》めた願望があるんだよ」と、打ち明けた。「そのうち共演《きょうえん》しよう。デュエットなんて楽しそうじゃないかね」

「ねえ、ちょっと、ファフニエル」

いつになく深刻《しんこく》な表情《ひょうじょう》のザカリーが、割《わ》りこむ。

「知ってます？　島を不審《ふしん》な人たちがうろついてるの。丘《おか》のすぐふもとの浜辺《はまべ》には、キャンプしてる人たちまでいます。すぐ沖《おき》には大きな船が停泊《ていはく》してて、乗組員の男が、この洞窟《どうくつ》の入り口をじっと見てました。あの人、見ました？　何しに来たか、わかります？」

「危険《きけん》な人かもしれません」

サラ・エミリーが言う。

「そう、スパイかも」

間髪《かんぱつ》入れずにザカリーが続ける。

ハナがため息をもらす。

「果たして、あの人がこの洞窟《どうくつ》を見てたかどうか……」

ハナは、なるべく状況《じょうきょう》を正確《せいかく》に伝えようと、言葉を選んで続けた。

「あの人が何を見てたのか、はっきりとはわからないんです。双眼鏡《そうがんきょう》を持ってるってだけなら、そういう人はたくさんいるし、バード・ウォッチングの人かもしれないし」

竜《りゅう》は、しばらく考えこんでいた。

「その人物……ええと、船の人物だが……何か特別おそろしいことをしたのかい？　おまえさんたちを脅《おど》したりとか」

「そうじゃないけど……」ザカリーが答える。「ただ、男が双眼鏡《そうがんきょう》で丘《おか》のほうを見ていたのを見ただけで……」

竜《りゅう》が続ける。

「てことはだ、単純《たんじゅん》に鳥を見ていただけかも……な。あるいは、地層《ちそう》を研究する学生さんとザカリーは、しゃくぜんとしない。「たしかに、特別怪《あや》しい動き動《うご》きをしているところとかは見なかったけど」

「マヒタベルおばさんだって、侵入者《しんにゅうしゃ》は気に入らないと思います」

今度はサラ・エミリーが、断固《だんこ》とした口調で言った。

「それにわたし、なんだかあの人、こわかったもん」

チッチッチ。竜《りゅう》は、舌《した》を鳴らすのに連動させて首を横にふると、諭《さと》すような口調で言った。

「わたしには、その人物なり集団《しゅうだん》、とくに心配するほどのことはなさそうに思えるがね。『うたがわしきは罰《ばっ》せず』。罪《つみ》が証明《しょうめい》されるまでは有罪《ゆうざい》を言いわたしてはならないってやつさ。じきに、この島が個人《こじん》の持ち物だと理解《りかい》し、退散《たいさん》するだろう。放っておけばよい。勝手に出ていくよ」

「でも、もし、そうしてくれなかったら？　あの人たちが出ていかなかったら？」

サラ・エミリーが食い下がる。

「とかく人間ってやつは」

とつぜん、竜《りゅう》の口調が尊大《そんだい》なものに変わった。

「あるかないかわからぬ危険《きけん》や、まだ起こってもいないない出来事に対し、くよくよ考えるのが好きな生き物だ。それも、とほうもない時間を浪費《ろうひ》してまで」

「でも、あそこに人が来てるのは、ほんとじゃない！　テントだってほかのものだって、ほんとにあるじゃない！」

サラ・エミリーの声が大きくなる。

「そういうことじゃないと思う、ファフニエルさんが言いたいのは」

ハナが割《わ》って入った。

「あなたは、船の男の人を危険《きけん》人物って決めつけてるけど、そうじゃない可能性《かのうせい》だってあるんじゃないかってことよ。ベルニーニさんのときと、ちょっと似《に》てるかも。覚えてる？」

「ベルニーニさん？」

竜《りゅう》が反応《はんのう》した。サラ・エミリーがうなずく。

「小さな、変わった家に住んでる人。わたしたちのお家《うち》がある通りの、いちばんはしの家の人。わたし、ずっとその人がこわかった。魔女《まじょ》だと思ってたの。だって、いつも黒のワンピースを着てるし、庭は、からみあった草でいっぱいなんだもん。でも、全然ちがった。話してみたら、とってもいい人だった」

「ピーナッツ・キャンディー作ってくれるんだよね」

ザカリーが話をひきとる。

「物事は正確《せいかく》にな、正確《せいかく》に。おまえさんは、じっさいにはないことを想像《そうぞう》だけで決めつけ、勝手におそれていたのだ。ところがどうだ。とどのつまりが……」

竜《りゅう》は、勝ち誇《ほこ》ったように爪《つめ》をふりかざす。

「ピーナッツ・キャンディーだ」

「でも、注意するにこしたことはないって思うんですけど……」

まだすっきりしないザカリーが、足をもじもじさせながら言う。

「マヒタベルおばさんと約束したから……。安息《あんそく》の地を、秘密《ひみつ》で安全なまま守るって……」

竜《りゅう》は、小さくため息をついた。

「このやりとりは、ある出来事を思い出させるな、うん」

そう言うと、翼《つばさ》をよじり、よりくつろげるよう洞窟《どうくつ》の床《ゆか》の上に横たえた。そして、多少遠慮《えんりょ》がちにたずねた。

「ひょっとして、お話を聞きたいんじゃないかね？　おそれを取りのぞき、安らげるお話を」

「ぜひ！」ハナが言う。

「あなたのお話、ずっと楽しみだったの」サラ・エミリーも目をかがやかす。

子どもたちは、竜《りゅう》の体内の炎《ほのお》でちょうどよい温度にあたためられた床《ゆか》の上に腰《こし》をおろすと、黄金のしっぽに背中《せなか》をあずけた。竜《りゅう》が言葉を連ねるにつれ、洞窟《どうくつ》の壁《かべ》が陽炎《かげろう》のようにゆらめき、透明《とうめい》になっていく。

子どもたちは、竜《りゅう》の言葉に乗り、どこか別の場所、はるか別の時間へといざなわれていく。ほこりと日に焼けた木の葉のにおいがする。カンゾウとレモンが混《ま》じった異国《いこく》のにおいだ。小鳥のさえずり、メェーという羊の鳴き声。すでに三人は、だれかほかの人の目を通し、知らない世界をのぞいていた。

5　緑目の竜《りゅう》の物語（1）——ニコ

「ニコは羊飼《ひつじか》いの少年だった」

竜《りゅう》は語る。

「はるか昔のギリシャに住んでいた。岩山の上には大理石《だいりせき》の神殿《しんでん》がそびえ、市場《いちば》は大勢《おおぜい》の人々でごったがえし、詩人たちが、次々と神々や戦争の詩を詠《うた》いあげる。当時、アテネは世界の中心と考えられていた……」

ニコは、アテネの市街地ではなく、郊外《こうがい》の小さな村で、両親と妹のダフネと暮《く》らしていた。オリーブとレモンの木に囲まれた、小さな家だ。ニコの父親は漁師《りょうし》だった。毎晩《まいばん》欠かさず、獲《え》物《もの》を持ち帰ってきた。

ニコの日課は、日が出ている間じゅう、山の中腹《ちゅうふく》で放牧している羊の番をすること。この小さな群《む》れが、家族の財産《ざいさん》だった。

この小さな村を、ある日、災《わざわ》いがおそった。

ニコは岩に腰《こし》をおろし、いつものように、九ひきの羊と四ひきの子羊を見守っていた。だが、内心は気が気じゃない。

天気はよかった。おだやかでのんびりした日。日だまりの中、木かげで昼寝《ひるね》をするか、将来《しょうらい》なりたい自分の姿《すがた》を思いうかべながらまどろむのに、ぴったりの日だ。はるか遠く見知らぬ土地へと旅をし、山積みの金銀財宝《ざいほう》とともに帰還《きかん》する、赤い帆《ほ》をかかげた高速船の船長。あるいは、ペルシャとの戦いに旅立たんとする兵士。ぴかぴかの鉄兜《てつかぶと》のてっぺんが、あざやかに染《そ》められた馬の尾《お》で飾《かざ》られている兵士。

なかでも、いちばんなりたいのは、白いローブに身を包んだ哲学者《てつがくしゃ》だ。かがやく星はなんでできているの？　どうすると虹《にじ》はあらわれるの？　なぜ月は形を変えるの？　巨大《きょだい》な翼《つばさ》を作れば、人間だって空を飛べるんじゃないだろうか……？　ありとあらゆる疑問《ぎもん》に答える聡明《そうめい》な哲《てつ》学者《がくしゃ》。

しかし、今日にかぎっては、こうした夢想《むそう》のすべては、ニコの頭の中からどこかへ飛んでいってしまっていた。彼《かれ》はしっかり目覚め、警戒《けいかい》していた。その視線《しせん》は、岩や木のかげを絶《た》え間《ま》なく行き来し、右手の指が、せわしなく洋服のへりをにぎっては放す。あろうことか、怪物《かいぶつ》が山をうろついているのだ。

まずは、羊が消えるようになった。ニコの友達ステファノの群《む》れからも、羊が消え去った。なんの痕跡《こんせき》もなく。やがて、あっちで一ぴき、こっちで二ひき。次々と羊がいなくなるようになった。ほんのちょっと目をはなした隙《すき》、それこそ、まばたきをした一瞬《いっしゅん》の隙《すき》しかなかったはずなのに、いったいどうやって……。羊飼《ひつじか》いたちは首をひねった。

続いて、血のついた羊の毛のかたまりが茂《しげ》みに引っかかっているのが見つかった。周囲の草は押《お》しつぶされ、小枝《こえだ》がへし折られていた。巨大《きょだい》な何ものかが、殺戮《さつりく》にそなえて身をひそめていた跡《あと》にも見える。

ついには、怪物《かいぶつ》の目撃者《もくげきしゃ》があらわれた。村のジェイソンという男だ。

「ありゃあ、この世の生き物じゃねえな」

手をいっぱいに広げながら、ジェイソンはまくしたてる。

「ありゃあ、きっと超《ちょう》自然的な存在《そんざい》だぜ。ヘビの胴体《どうたい》。ワシの翼《つばさ》。ライオンの頭。黄色い牙《きば》。炎《ほのお》のように真っ赤な目。おらが勇気をふりしぼって近づき、戦おうとしたその瞬間《しゅんかん》、あとかたもなく消えちまって……」

おそれと尊敬《そんけい》の入りまじった表情《ひょうじょう》で聞き入る村人に向かって、ジェイソンは話を続けた。

なんでも、やわらかい地べたには、そいつのものと思われる、おびただしい数の足跡《あしあと》が残されており、ちょうどそいつが姿《すがた》をくらましたあたりで、その足跡《あしあと》も消えていたという。

「でも昨夜《ゆうべ》の大雨が、あれの足跡《あしあと》をすっかりあらい流しちゃっただろうな……残念ながら」

じっさい、次の日、ジェイソンが村人たちを現場《げんば》まで連れていったとき、地べたにはもう何も残されていなかった。

ニコはこわかった。茂《しげ》みの葉っぱが少しでも動いたり、擦《す》れる音が聞こえたりするだけで、心臓《しんぞう》がバクバク音を立てる。日差しを浴びているにもかかわらず、寒気《さむけ》を感じた。群《む》れを引き連れ、とっとと家に帰りたかった。しかし、立ち上がろうとするたびに父親の言葉が頭をよぎる。「羊は食べるのが仕事だよ、ニコ」。結局、背中《せなか》に冷や汗《あせ》をかきつつも、彼《かれ》は山の中腹《ちゅうふく》で、羊たちをじっと見守り続けるのだった。

太陽がどうにか頂点《ちょうてん》を極め、地平線に向かっての長い旅路を歩み始めた。いつもは太陽の軌道《きどう》を目で追いかけては、太陽の神へリオスが、彼《かれ》の宮殿《きゅうでん》がある西の方角に向かって燃《も》えさかる二輪戦車を走らせているんだ……などと夢想《むそう》するのだが、今日だけは、ただただ、早く日が暮《く》れてくれることをひたすら祈《いの》った。

太陽が十分低くなったのを確認《かくにん》すると、ニコは、ほっとため息をついた。群《む》れをまとめ、家《いえ》路《じ》につける。何も起こらなかった。怪物《かいぶつ》はあらわれなかったんだ。

ニコは、群《む》れをひとつにまとめようと山腹《さんぷく》を駆《か》けまわった。段取《だんど》りはこうだ。まずは群《む》れをまとめる。それから群《む》れを山からおろし、家の裏《うら》の安全な囲いの中に入れる。彼《かれ》は、羊を追い立てながら、数を確認《かくにん》した。一、二、三、四、五。五ひきめは、妹のダフネがお気に入りの太った雌羊《めひつじ》だ。鼻の上に、愛嬌《あいきょう》のある黒いぶちがあるやつ。六、七、八、九。だいじょうぶ、大きいのは全部いる。

次は、母羊たちの後ろを跳《は》ねまわっている子羊を数える番。ニコは、子羊一ぴき一ぴきに名前をつけていた。丸々と太ったちっこいのはペネロープ。ディドは耳がぺたっと寝《ね》ている。やんちゃで問題ばかり起こしているアイアス。そして彼《かれ》いちばんのお気に入り、焼きたてのパンのような茶色い毛をしたパノ。

一、二、三……ニコはその場でかたまると、眉《まゆ》をひそめた。もう一度数えなおす。三だ。三びきしかいないよ。ドキンドキン。心臓《しんぞう》の鼓動《こどう》がだんだん早く、大きくなる。いない、パノがいない！

ニコは、大あわてで牧草地をさがしまわる。茂《しげ》みの裏《うら》や岩の後ろを見てまわっては、パノの名をさけぶ。ニコの行動に呼応《こおう》するかのように、背後《はいご》で群《む》れの中の一ぴきがメェーと鳴き声をあげた。ほかの羊たちも次々と鳴き声をあげる。でも、パノはいっこうに答えてくれない。

まばたきをするほんの一瞬《いっしゅん》の隙《すき》で襲撃《しゅうげき》されてしまうんだっけ。ニコはジェイソンの言葉を思い出し、胃が重くなった。そいつは、ここに来ていたのだろうか？　知らないうちに近くにしのびより、炎《ほのお》のように真っ赤な目で、藪《やぶ》の中からこちらをうかがっていたのだろうか？　ニコは思わず身ぶるいした。

けれど、パノをあきらめるわけにはいかない。ニコは、ひとまず群《む》れを引き連れ、山を下った。村の路地をぬけ、大急ぎで家の裏《うら》の囲いの中へと群《む》れをみちびく。飼葉桶《かいばおけ》が水で満たされているのを確認《かくにん》してから、囲いのとびらを閉《し》め、小屋へと駆《か》けこむと、母親に、このおそろしい出来事の一部始終を報告《ほうこく》した。

「お父さんが帰るのを待ってからになさいな」

母親は反対した。

ニコは首を横にふる。

「もう一回、見てくる。まだ、そう遠くには行ってないと思うんだ。まだ、もうしばらくは明るいし」

ニコは、村の路地を走りぬけ、曲がりくねった山道を駆《か》けのぼる。そして今一度、羊たちが放牧されていた場所をさがしてまわった。しかし、やっぱり何もなかった。彼《かれ》は、そこからさらに山頂《さんちょう》へと向かって進んだ。すべての藪《やぶ》の裏《うら》、すべての岩の後ろに頭を突《つ》っこみ、確認《かくにん》しながら。そしてついに、木の枝《えだ》の棘《とげ》にからまっている、やわらかな茶色い羊毛を発見した。

「パノはこのあたりにいたんだ。まちがいない」

道に迷《まよ》い、とほうに暮《く》れていることだろう。ニコは、けんめいに名前を呼《よ》び続ける。しかし、返事のメェーは聞こえない。

さがすうちに、ニコは、どんどん山をのぼっていた。いまだかつて、これほど山頂《さんちょう》に近づいたことはなかった。羊飼《ひつじか》いというのは、山の低いところ、村に近く、牧草が豊《ゆた》かなところにとどまるものだから。

目の前の藪《やぶ》の向こう側から音がした。岩をひっかくような音だ。蹄《ひづめ》が石をひっかいている音だろうか。

「パノ、おまえかい？」

こわがらせないようやさしく声をかけてから、枝《えだ》をかきわける。藪《やぶ》の反対側へ出たその瞬《しゅん》間《かん》、ニコは、口から心臓《しんぞう》が飛び出すかと思った。目のまん前に、怪物《かいぶつ》がいたのだ。見たこともない巨大《きょだい》な生き物だった。ジェイソンの話から想像《そうぞう》していた怪物《かいぶつ》よりずっと大きく、ずっとおそろしい。

全身が、にぶく光る金色の鱗《うろこ》でおおわれている。研《と》ぎすまされた金色の爪《つめ》。先が矢じりのような形をした尾《お》。日の光を反射《はんしゃ》してかがやきを放つ背中《せなか》には、格好《かっこう》よく折りたたまれた翼《つばさ》。そして、何よりニコをぎょっとさせたのが、その頭だ。長い三つの首の先端《せんたん》についている、三つの頭。そのうちの一つが、緑色のするどい眼光《がんこう》で、まっすぐニコをとらえていた。ほかの二つの頭の目は閉《と》じられ、ねむっているかのよう。それぞれ、ヘビがとぐろを巻《ま》いているような状《じょう》態《たい》で両肩《かた》の上に置かれている。

ニコは腰《こし》がぬけた。地べたにへたりこむと、両手で顔をおおう。あまりのおそろしさに、うまく呼吸《こきゅう》ができない。

巨大《きょだい》な生き物が口を開いた。

「これはこれは、少年よ。どうか、こわがらないでおくれ」

思いもかけない心配そうな声だ。そして、うろたえているのだろうか、金色の尾《お》が、ぴくぴく小きざみにふるえている。

「この力強く強烈《きょうれつ》な外見とは反対にだね、きわめて穏和《おんわ》な生き物なのだよ、わたしは……」

生き物が、恥《は》ずかしそうに爪《つめ》の先を見つめる。みるみるうちに、身体《からだ》全体がピンク色に染《そ》まる。

「そう。生まれながらにして、まことにやさしい性格《せいかく》であるのだ。少年よ、保証《ほしょう》する。わたしは子羊のようにおだやかな存在《そんざい》であると」

ニコは質問《しつもん》しようとした。しかし、なかなか言葉が出てこない。やっとのことで、ひきつったような声をしぼり出す。

「で……でも、いわゆる〝怪物《かいぶつ》〟でしょう、あなた？」

「こりゃまた、ずいぶんな呼《よ》ばれ方じゃないか」

急に、生き物の口調が、腹立《はらだ》たしげなものに変わった。

「まったく何やってんだよ、おまえは！」。ニコの心の中の声が悲鳴をあげる。「うっかりふらふら怪物《かいぶつ》に近づくは、そのうえ侮辱《ぶじょく》して、おこらせちゃうなんて！」。

「まったくもって、ずいぶんな呼《よ》ばれ方だ」

生き物は、不機嫌《ふきげん》そうにくりかえした。

「人間が一般的《いっぱんてき》に使う呼《よ》び名として適切《てきせつ》なのは、『竜《りゅう》さま』もしくは『ドレイクさま』だろうな。より正確《せいかく》には『三つ又《また》のドレイクさま』あるいは『三つ頭の竜《りゅう》さま』だ」

「ご、ごめんなさい」

ニコは、やっとの思いで言うと、つばをごくりと飲みこむ。そして続けた。

「でも、あなたじゃないんですか？……えーと、そのー……なんて言うか……羊を食べちゃったのは」

「羊を食べるだって？」

自らを竜《りゅう》と呼《よ》ぶ生き物が、聞き返した。爪《つめ》がせわしなく擦《す》り合わされている。不愉快《ふゆかい》きわまりないといった様子だ。

「たしかに生まれてこのかた、羊の肉をひとかけらも口にしてないとは言わないよ」

徐々《じょじょ》に声が小さくなる。

「はるか昔、ごくごくまれに食しただけだが……しかし、少なくとも、ここ数世紀はひと口も食べておらん」

ふたたび声が大きくなった。

「そもそも竜《りゅう》は、だいたいにおいて菜食主義者《さいしょくしゅぎしゃ》だ。それに羊は、毛むくじゃらだろ。あわれっぽくメェーって鳴くし」

竜《りゅう》が顔をしかめる。

「菜食《さいしょく》……？」

ニコには、わけがわからない。

「われわれは主に野菜を食べる。穀物《こくもつ》と果物も」

竜《りゅう》の目は真剣《しんけん》だ。

「まったく、近ごろは教育が荒廃《こうはい》しておるな」

竜《りゅう》のため息が、ニコの背後《はいご》の茂《しげ》みの葉までとどき、はでな音を立てる。びっくりしたニコは、飛び上がって後ろをふり返る。竜《りゅう》もつられて目線をうつす。

「何やら崖《がけ》っぷちに追いこまれているようだね、君は。もっとも、人間というのは、とかく、物事を大げさにとらえすぎてしまう傾向《けいこう》があるからな。ここはひとつ、気持ちを落ち着けてだな……」

「いるんです！　山に！　怪物《かいぶつ》が！」

とつぜん、ニコが大声で説明を始めた。しかし、一生けんめい説明しようとすればするほど、言葉がこんがらがってしまう。

「こわがってます。みんながです。何週間も、どんどん羊が消えちゃって。引きずられて、殺されて。そして今日、うちの羊も一ぴきいなくなっちゃって。村のジェイソンさんは怪物《かいぶつ》を見たって言うし。そいつの足跡《あしあと》も見たって言ってて。怪物《かいぶつ》の足跡《あしあと》は、しばらく続いていたかと思うと、とつぜん、空に消えたかのようになくなっちゃうし……」

竜《りゅう》はひとまず、深くうなずいて見せた。

「なるほど。それで？　その足跡《あしあと》とやらは、どれくらいの大きさだったんだい？」

ニコは首を横にふる。

「ジェイソンさんしか見てないんです。雨がふったから。だから足跡《あしあと》が消えちゃって……。でもジェイソンさんは、足跡《あしあと》がバカでかかったって。そして……」

ニコの視線《しせん》が、竜《りゅう》の巨大《きょだい》な金色の足もとをさまよう。

「そして、爪《つめ》が土にめりこんだ跡《あと》があったって」

竜《りゅう》は、あわてて金色の爪《つめ》をひっこめる。

「ほう、そうだったのかい」

竜《りゅう》は、ふたたび不機嫌《ふきげん》そうな口調になる。

「けどな、少年。それが、わたしじゃないってことだけは申し述《の》べておくよ。そんな野蛮《やばん》きわまりない流儀《りゅうぎ》で羊をおそうなんて、ぜったいにわたしじゃない。そもそも、何より礼節を重んじるわれわれ竜《りゅう》が、窃盗《せっとう》や殺害をはたらくなど、ぜったいにありえないことだ」

ニコは、礼節を重んじない竜《りゅう》がいる可能性《かのうせい》については、たずねないことにした。

「そうですか……わかりました……たぶん。直接《ちょくせつ》お話をうかがえたから……。でも、正直《しょうじき》びっくりしちゃって……。とつぜん目の前にあなたがあらわれて……竜《りゅう》なんて、見たことなかったし……それに……あまりに大きくて」

「そうかい、そうかい」

竜《りゅう》は、その返事に満足したようで、草の上で、よりくつろいだ体勢《たいせい》をとった。

「そういえば、最後に人間との会話を楽しんでから、もうずいぶんと時がたつ」

今度は、何やら物思いにふけっている様子。

「そうだ、おまえさんのことを話しておくれ、少年。毎日、何をしておる？　ん？　大きくなったら何になりたい？　ん？　好きな食べ物は？　好きな色は？　誕生日《たんじょうび》は？」

ほどなくニコは、竜《りゅう》と自分が、まるで古くからの親友であるかのように、自然に言葉を交わしていることに気がついた。

ニコは、竜《りゅう》の好物がレモンプリンで、好きな色は緑色だと知った。竜《りゅう》も、ニコがザクロの実、イチジクのケーキに目がなく、紫《むらさき》色が好みということを知った。ニコは、自分の夢《ゆめ》が、いつの日にかアテネに行き、すべての知《ち》識《しき》を吸収《きゅうしゅう》することだと伝えた。また、巨大《きょだい》な翼《つばさ》を作れば人間でも空を飛ぶことができるんじゃないか、そう考えていることも。竜《りゅう》は、喜々として、流《りゅう》体力学《たいりきがく》とやらのむずかしい原理を説明してくれた。

ニコと竜《りゅう》の会話ははずみ、すぐに日が暮《く》れた。広がりゆく暗闇《くらやみ》の中、目の前の竜《りゅう》が、ぼんやりにじんだ姿《すがた》でうかび上がる。星々がまたたき始めたのだ。二人は仲よく空を見上げると、美しい夜空をたんのうした。

竜《りゅう》が、黄金のしっぽで星を指す。

「目をこらしてごらん。六千もの星々が、かがやいているのがわかるから。美しい。もっとも竜《りゅう》は、それ以上見ることができるんだけどね。実にすぐれた視力《しりょく》を持っているのだ」

ちょっぴり偉《えら》そうな感じだ。

ニコは、首を大きく後ろにそらし、空全体を見わたした。

「ある人が言ってました。空は巨大《きょだい》な水晶《すいしょう》の球で、星たちは、その中に閉《と》じこめられている小さな宝石《ほうせき》のようなものだって」

「そうかい、そうかい。そう言ったかい」

竜《りゅう》が言う。

「人間は、いろんな表現《ひょうげん》をするな。中にはすてきな詩もある。だが、あいにく、そのすべてが真実ってわけじゃあない」

ニコは、背中《せなか》から草むらの中にたおれこむと、あらためて空を見上げた。ぽかんと口を開けたまま。

「ほんとに美しい」竜《りゅう》が続ける。「たしかに宝石《ほうせき》のようだ。だが残念ながら、まったくもって宝石《ほうせき》とはちがうんだ。少年よ、あれはだな……」

「あ、いけない！」

とつぜん、ニコが立ち上がった。

「家に帰らなきゃ！　ほんとはもっと話していたいんだけど……」

その顔は、名残《なごり》おしそうな表情《ひょうじょう》でいっぱいだ。

「すっかりおそくなっちゃった。きっと、お母さんとお父さんが心配してる」

「そうかい。でも、帰る前に、そこの大きな岩の横にある茂《しげ》みの下を、見てごらん。きっと、さがしていたものが見つかるはずだから」

ニコが茂《しげ》みの下をのぞいてみると、枝《えだ》のかげで寝《ね》ているパノの姿《すがた》があった。

「その子、君が来る少し前に来たんだ。迷子《まいご》になってすっかり混乱《こんらん》していたよ。ようやく家《うち》に帰れるな。ほっとすることだろう」

ニコは、寝《ね》ている子羊をかかえあげた。あたたかく、ずっしり重かった。ちぢれた羊毛が腕《うで》をくすぐる。

「ありがとう。ほんとにありがとう」

「おやすいご用さ、少年」

竜《りゅう》は、光沢《こうたく》のある爪《つめ》を一つ伸《の》ばすと、ニコの肩《かた》をやさしくとんとんとたたいた。

「気をつけてお帰り。そして、こっちのほうまで来たら、またぜひ寄《よ》っておくれ。実に楽しかった」

「ぼくも楽しかったです。考えておきます。いいえ、ほら、星空が宝石《ほうせき》とはちがうってことの意味を」

「そうしておくれ。じゃ、おやすみ、愛《いと》しい子」

ニコは〝まわれ右〟をすると、大急ぎで山腹《さんぷく》を下った。

6　緑目の竜《りゅう》の物語（2）――山の怪物《かいぶつ》

次の朝、ニコが目覚めると、妹のダフネが腕《うで》を強くゆさぶっている。

「起きて、ニコ！　起きてったら！」

ダフネの表情《ひょうじょう》は恐怖《きょうふ》でゆがみ、小さな顔じゅう涙《なみだ》でぐしゃぐしゃだ。

「とってもこわいの。夜中に、怪物《かいぶつ》がやってきたの」

涙《なみだ》がほほを伝う。

「村の真ん真ん中までよ！　きっと、家《うち》のすぐそばも通ったんだわ。まだその辺にひそんでるかも。こわい」

ニコは、掛《か》け布団《ぶとん》をはねのけると、飛び起き、じゃまな髪《かみ》の毛を頭の後ろでまとめた。

「外、見てくる。ダフネは家《うち》からぜったい出ないで。だいじょうぶ、怪物《かいぶつ》は大きすぎて、家《うち》には入ってこれないよ。ほら、ぼくのおもちゃで遊んでいいから」

ニコは、車輪のついた木製《せい》の小さな馬を妹に手わたす。まだ小さかった時分、父親が作ってくれたものだ。ニコの宝物《たからもの》の一つで、ダフネはずっとそれで遊びたがっていた。

床《ゆか》の上で馬を前後に走らせるのに夢中《むちゅう》なダフネを後目《しりめ》に、ニコは、家の外へと飛び出した。

そこはまるで、村人が一人残らず道に出て、たがいを罵倒《ばとう》しあっているようなさわがしさ。ニコは、群衆《ぐんしゅう》の片《かた》すみに、友達のステファノの姿《すがた》を見つけた。

「いったい、どうしたっていうんだい？　みんな、何さけんでるのさ？」

髪《かみ》が黒く、濃《こ》い色の瞳《ひとみ》をしたステファノは、ちょっぴり太めの男の子。明るい性格《せいかく》で、いつも持ち前の〝冗談《じょうだん》〟でまわりを笑わせていたが、今日は固い表情《ひょうじょう》で、顔色も青白い。

「怪物《かいぶつ》がよ、村の中にまで入ってきやがったんだよ」

ステファノが答える。

「二ヵ所もおそわれた。柵《さく》をこわして、囲いの中から羊をひったくっていったってよ。家の中から全部見てた人がいるらしい。やたらでっかい影《かげ》で、目だけが真っ赤に燃《も》えてたってよ」

ステファノが、ぶるっと身をふるわす。

おびえる群衆《ぐんしゅう》の中から、ひときわ大きな声でだれかがさけんだ。

「やっつけなきゃ！　みんなで力を合わせて、あいつを退治《たいじ》しなきゃ！　ゆりかごの中の赤んぼうや、ベッドの中の子どもたちがおそわれる前に！」

別の声がさけぶ。

「おまえさんの言うとおり！　またおそわれる前に、こっちから怪物《かいぶつ》をやっちまおうぜ！」

これまた別の声が、群衆《ぐんしゅう》をおおっていた泣き声をかき消さんとさけぶ。

「武器《ぶき》を取れ、みなの衆《しゅう》。武装《ぶそう》じゃ武装《ぶそう》。槍《やり》、剣《けん》、弓を持て！　村人全員、山へ突撃《とつげき》じゃ！」

群衆《ぐんしゅう》はいったん散り、それぞれの家にもどると、武器《ぶき》を手にふたたび集まった。年老いた大工《だいく》のペレオスは巨大《きょだい》な鉄斧《てつおの》を。漁師《りょうし》のゼトスは邪悪《じゃあく》なまでに研《と》ぎすまされた銛《もり》を。ニコの父親ディオメデスは、木製《せい》の弓を持っている。男たちは武器《ぶき》を空に突《つ》き上げ、気勢《きせい》を上げると、それぞれの覚悟《かくご》を胸《むね》に村の小道を行進し始めた。牧草が生えている山の中腹《ちゅうふく》へと向かって。

「待って、おらも行くよ！」

出おくれたステファノが、大あわてで行列のあとを追う。

「急ごう、ニコ！　いっしょにやっつけるんだ、怪物《かいぶつ》をよ！」

ステファノのベルトに刺《さ》さった短剣《たんけん》が、ちらっと目に入る。ニコも、駆《か》け足でみんなのあとを追った。

行進が牧草地のすぐ手前まで来ると、ニコは、気づかれないよう用心しながら、武装《ぶそう》した人々の列からこっそりはずれた。道のわきにあるイバラの茂《しげ》みの中を、身をくねらし、ぬける。この先に、山頂《さんちょう》へと続く秘密《ひみつ》の近道があるのだ。

ニコは登っては走り、走っては登った。息が切れ、わき腹《ばら》が痛《いた》む。昨晩《ゆうべ》は山のどの辺りまで登ったんだっけ？　思い出そうとするが、見れば見るほど、目の前にある岩や茂《しげ》みが、どれもみな同じに思えてくる。山羊《やぎ》の頭みたいな形の岩があるけど、あんなの、あったっけ？

「竜《りゅう》さん！」いてもたってもいられず、ニコはさけんだ。「どこにいるの？」

小枝《こえだ》が折れる音と同時に、目の前で、ちらっと金色の光がかがやいた。続いて、竜《りゅう》の声がひびく。

「こっちだ、少年！」

ニコは、よろけながら目の前の茂《しげ》みをくぐりぬけると、そのまま地べたにへたりこんだ。目の前には、竜《りゅう》の背中《せなか》が広がっている。

竜《りゅう》は、平らな岩の上に、何かを一生けんめい積み上げていた。息をすっかり切らしながらも、ニコは興味《きょうみ》をひかれた。

「いったい……何を……してるん……ですか？」

「原始的な時計じゃよ、少年。日時計じゃ。この棒《ぼう》きれの先っぽの影《かげ》が落ちたところにある数字が、現在《げんざい》の時刻《じこく》をあらわしておる」

竜《りゅう》が、棒《ぼう》の影《かげ》の先端《せんたん》を指さす。

「なるほど……太陽が動くと、影《かげ》も動くんですね」

ニコがのぞきこむ。

「ちがうちがう」

竜《りゅう》が首を横にふる。

「太陽は動かない。地球が動くんだ、地球がね」

ニコは、頭の中がこんがらがった。怪訝《けげん》な顔で言い返す。

「地球が動くですって？　ありえない、そんなの。だれも信じないですよ、そんな……」

竜《りゅう》はふたたび首をふると、「まあ、ちょっと待ちなさい」と、爪《つめ》を一本ふり上げる。「まずはよく観察し、そこで得た証拠《しょうこ》をよく比較《ひかく》し、検討《けんとう》しないとな……」

竜《りゅう》は、ニコの目と鼻の先まで頭を近づけると、諭《さと》すような口調で続けた。

「科学的に」

とつぜんニコは、なぜ自分がここに来たのかを思い出した。あわてて言う。

「竜《りゅう》さん！　ぼく、警告《けいこく》しに来たんです。昨日《きのう》の夜、ぼくらの村が怪物《かいぶつ》におそわれました。柵《さく》がこわされて、中の羊が殺されました。みんな、次はもっとひどいことが起こるんじゃないかってパニックになってます。もうすぐ、村じゅうの男たちが、武器《ぶき》を持ってこの山に上がってきます。怪物《かいぶつ》をさがして。もし見つけたら、きっと殺そうとするでしょう。心配なんです。

その……もし、あなたがみんなに見つかってしまったらって……」

「はて？　みなが、わたしを犯人《はんにん》だと決めてかかるとでもいうのか？　彼《かれ》らに状況《じょうきょう》を判断《はんだん》する分別《ふんべつ》などないと？　わたしが釈明《しゃくめい》する間《ま》もないと？」

竜《りゅう》がたてつづけに疑問《ぎもん》を浴びせた。

「みんな、頭に血がのぼってしまってるから」

ニコは目をふせた。

竜《りゅう》は、悲しそうに首をふる。

「それが現実《げんじつ》というやつか……。どうやら、新たな居場所《いばしょ》をさがさなくてはならないようだな。やれやれだ。ここは本当に安らげる土地だったのに。アテネの建物はなかなかのものだったし、オリーブの味も最高だった」

竜《りゅう》がため息をもらす。

「君との会話も実に楽しかった。もっともっと理解《りかい》しあえるのを楽しみにしておったんだがね」

ニコが言う。

「ぼく、決して、あなたのこと、わすれません」

竜《りゅう》は、首を深く折って前かがみになると、ニコの瞳《ひとみ》を正面からまじまじとのぞきこんだ。そして何回かうなずくと、言った。

「君のことは、まったくもって心配しておらんよ。なぜなら君は、やれば必ずやできる子だからな」

竜《りゅう》は、しばらくそのまま、金色の爪《つめ》でニコの髪《かみ》をなでていた。

竜《りゅう》は出しぬけに後ろを向くと、茂《しげ》みの中に頭を突《つ》っこむ。

「たいした荷物もないし……っと。あとどれくらいで、君のお仲間たちは到着《とうちゃく》しそうかい？」

「もうすぐにでも来ちゃうと思います。けっこう早足で行進してたから」

「ならば、さらばじゃ、少年！　君も見つからんようにな」

ニコはうなずいた。そして、「さようなら」を言うと〝まわれ右〟をし、急いで山を下った。

ニコ自身びっくりしたことだが、なぜだか、涙《なみだ》が止まらない。どんどん、どんどんあふれてくる。目の前がよく見えない。このまま黄金の竜《りゅう》とさよならなんて、悲しすぎるよ……。

木の枝《えだ》にぶつかるニコ。石につまずき、木の根につまずき、ついにはとがった岩の上から足を踏《ふ》みはずし、手足が伸《の》びきった状態《じょうたい》のまま、小道の真ん中をころがり落ちるニコ。頭を打ち、両膝《ひざ》をすりむく。身体《からだ》じゅうが痛《いた》かった。今の自分以上にみじめな人間なんて、そうそういない。ニコは思った。

と、とつぜん、すぐ背後《はいご》から音がした。首の後ろの毛がいっぺんに全部、逆立《さかだ》つような音。

威嚇《いかく》するような、低くて長いうなり声だ。ニコは、おそるおそるふり返る。

ぞっとした。巨大《きょだい》な灰《はい》色のオオカミが小道をまたぎ、彼《かれ》を見下ろしていた。

オオカミは、牙《きば》をむき出し、ふたたび、のどの奥底《おくそこ》からうなり声をあげると、そのがんじょうな脚《あし》で、一歩一歩ニコに近づいてくる。

「こいつだ」

恐怖《きょうふ》の中、ニコは、村をおそった怪物《かいぶつ》の正体を理解《りかい》した。

「こいつが羊殺しの犯人《はんにん》だ。まちがいない」

ニコは無防備《むぼうび》だった。オオカミをやっつけられる武器《ぶき》はおろか、自分を守るナイフ一本持っていない。

ニコは、オオカミに気づかれないよう、ゆっくりゆっくり手を伸《の》ばすと、そばに落ちていた木の枝《えだ》をつかんだ。こんなものじゃこいつをやっつけられないことは、わかっている。でも、なんら抵抗《ていこう》せず、ただそこに寝《ね》ころんだまま、オオカミにのどを食いちぎられるわけにはいかない。どうせ死ぬなら、戦った上でだ。ニコは、枝《えだ》を強くにぎりしめた。

オオカミは、邪悪《じゃあく》なうなり声をあげると、後ろ脚《あし》の筋肉《きんにく》にぐっと力をこめた。

しかし、オオカミは飛びかかってこれなかった。飛びかかろうとしたその刹那《せつな》、とつぜん、雲ひとつない空から雷《かみなり》が落ちたのだ。いや、これは、夏の嵐《あらし》でとどろく雷鳴《らいめい》の音なんかじゃない。竜《りゅう》の翼《つばさ》が打ち合わされる音だ。

空に竜《りゅう》がいた。轟音《ごうおん》とともにあらわれ、太陽の光の中、まばゆくかがやいている。

一瞬《いっしゅん》あっけにとられていたオオカミだが、われに返ると、あらためてニコに飛びかかってきた。竜《りゅう》は、急降下《きゅうこうか》すると、にぶく光る尾《お》をひとふり。尾《お》は空中で、確実《かくじつ》にオオカミをとらえた。オオカミは山の斜面《しゃめん》にまで吹《ふ》き飛ばされ、地面にたたきつけられると、そのまま動かなくなった。

竜《りゅう》は、ニコのわきにおり立つと、上から心配そうにのぞきこむ。

「だいじょうぶかい、少年?」

ニコは、よたよた立ち上がった。地べたでぺしゃんこになっているオオカミが目に入る。思わず身ぶるいした。

「オオカミだったんです」

のどからしぼり出すような声で、ニコが言う。

「オオカミが真犯人《しんはんにん》。怪物《かいぶつ》なんて、最初っからいなかったんです」

「そんなもんだよ」

竜《りゅう》は、変わり果てたオオカミのほうをちらっと見ると、続けた。

「必要にせまられてたもんでな、仕方なく……」

「でも、そうしなかったら、きっとぼく、殺されていました。あなたは命の恩人《おんじん》です」

「君だって、わたしの命の恩人《おんじん》だよ。わたしに逃《に》げるよう警告《けいこく》しに来てくれたじゃないか。わたしの命を救うためにね」

竜《りゅう》は、急にあらたまった口調になると、続けた。

「手を前に差し出すがよい」

ニコは、とまどいながらも、てのひらを上に向け、前に差し出した。竜《りゅう》が、長い黄金の爪《つめ》を伸《の》ばす。ニコは、ハチに刺《さ》されたときのようなするどい痛《いた》みを感じた。次の瞬間《しゅんかん》、身体《からだ》じゅうにすてきな温《ぬく》もりが広がっていった。見ると、てのひらの真ん中に、光りかがやく金色の点がある。

「それは証《あかし》だよ。君が竜《りゅう》の真の友人であるという証《あかし》。竜《りゅう》は君に一目《いちもく》おき、困難《こんなん》にあたっては君の味方となる。君がわたしのためにやってくれたこと、決してわすれないよ」

ニコは、尊《とうと》い証《あかし》をぎゅっと、しっかりにぎりしめた。

と、遠くから、金属《きんぞく》のぶつかり合う音や、どなり声が聞こえてきた。

「村のみんなだ！　早く逃《に》げて。見つかっちゃヤバイ」

「了解《りょうかい》」

竜《りゅう》はうなずくと、黄金の翼《つばさ》を広げ、優雅《ゆうが》に空高く舞《ま》い上がる。そして、山の斜面《しゃめん》の上で旋回《せんかい》すると言った。

「また会おう、愛《いと》しい子よ。君のすばらしい未来を祈《いの》ってる！」

村人たちの先頭が木立《こだち》の中からあらわれたとき、竜《りゅう》はすでにはるか彼方《かなた》、小さな点になっていた。一人そこにたたずむニコの目だけが、その金色の点が見えなくなる直前の、最後のきらめきをとらえていた。

村人たちが、オオカミに気づく。

ニコの父親が、息子《むすこ》の名前をさけびながら駆《か》けよってきた。興奮《こうふん》してさけんでいる人もいれば、何が起きたのか理解《りかい》できず、とまどうばかりの人もいる。

「何があった？」

「あの子、いったいどうやって先まわりしたんだ？」

年老いたペレオスが、ふり上げた斧《おの》を片手《かたて》に、用心深くオオカミに近づく。そして、サンダルの爪先《つまさき》でつつくと、言った。

「死んでる」

群衆《ぐんしゅう》にざわめきが広がる。

「何が、どうなってるんだ？」

「怪物《かいぶつ》はどこ行った？」

ニコが口を開く。

「このオオカミが怪物《かいぶつ》だったんですよ」

「でも、ヘビの胴体《どうたい》やらライオンの頭ってのは？」

別の声がさけぶ。

「そうだそうだ。翼《つばさ》や炎《ほのお》のような真っ赤な目って話もあったよな？」

錆《さ》びた剣《けん》を手にしたジェイソンが、ゆっくりオオカミの死体へと近づく。年老いたペレオスの肩《かた》ごしに、じっとそれを見つめていたが、やがて、恥《は》ずかしそうに顔をふせると、ゆっくり後《あと》ずさりし、人の群《む》れの中へと姿《すがた》をくらました。

「ニコが怪物《かいぶつ》をやっつけたよ！」ステファノがさけぶ。「ニコは英雄《えいゆう》だよ！」

ニコは、あわてて否定《ひてい》する。

「ちがう。ぼくじゃないって」

しかし、その声は、村人の歓声《かんせい》にかき消されてしまった。

「よくもまあ無事だったもんだ！　神に感謝《かんしゃ》せねばならん」

父親が、荒々《あらあら》しくニコを抱《だ》きしめる。

「それにしても、こんなすごいオオカミは見たことがない。一人で戦うなんて、まったく無茶しやがって」

父親は、あらためてニコとオオカミを見くらべた。

「でも、偉《えら》い！　おまえはおれの誇《ほこ》りだ！」

「だから、ちが……」

ニコは否定《ひてい》しようとするも、ふたたび、ステファノの「英雄《えいゆう》だもんね！」とさけぶ声にはばまれる。

安堵《あんど》と喜びに包まれた村人が、そこらじゅうで、いっせいにしゃべりはじめていた。もうだれも、ニコの言葉なんて聞いていない。年老いたペレオスまでもが、若《わか》いころオオカミと戦った武勇伝《ぶゆうでん》を、だれかれなしにまくしたてていた。

「片《かた》がついたな、息子《むすこ》よ！」

父親は、ニコに向かってそう言うと、群衆《ぐんしゅう》に向かって声を張《は》り上げた。

「みなの衆《しゅう》、万事かたづいた。村に帰ろうぞ！」

ニコは、ちらっと空を見上げる。何もなかった。金色のきらめきは行ってしまった。

「そうですね、父さん。家に帰りましょう」

7　J・P・キング

竜《りゅう》が口を閉《と》じ、洞窟《どうくつ》に静寂《せいじゃく》がおとずれた。子どもたちの意識《いしき》がもどる。三人は、床《ゆか》の上で大きく伸《の》びをした。

「それで？　それからのニコは？」

ザカリーがたずねる。

「結局、オオカミを殺したのは自分じゃないってことを、村の人たちに納得《なっとく》させることはできずじまいだった。ニコがどんなに説明しても、村人たちは、彼《かれ》を英雄《えいゆう》だと言い張《は》ってきかなかったんだ」

「でも、ニコは英雄《えいゆう》でしょう？」

サラ・エミリーが口をはさむ。

「だって、あなたを助けたじゃない。あなたのところに村の人が来ちゃうのを、前もって知らせに来てくれた。それに、棒《ぼう》きれ一つでオオカミと戦おうとしてたでしょ。とっても勇敢《ゆうかん》だと思う」

竜《りゅう》が、満足そうにうなずく。

「村じゅうがニコを勇敢《ゆうかん》だと認《みと》めた。じきに、彼《かれ》のうわさは近くの地主の耳にも入った。そんなにすばらしい子には、ぜひとも教育を受けさせたいものだ。大金持ちの地主はそう考え、アテネの学校に通うための費用を全額《ぜんがく》、負担《ふたん》してくれた。ニコは実によく学んだ。ほどなく、先生たちが彼《かれ》の質問《しつもん》に答えられなくなるほどね。やがて彼《かれ》は成長し、天文学者になった。ふふ」

竜《りゅう》は思い出し笑いをすると、続けた。

「当時、彼《かれ》は、風変わりな学説の持ち主として有名だった。彼《かれ》は、地球が宇宙《うちゅう》の中心なのではない、と主張《しゅちょう》した。そうではなく、地球は移動《いどう》しているのだ、と。地球こそが太陽のまわりをまわっているのだ、とね」

じっとだまったまま考えこんでいたハナが、口を開く。

「ねえ、ファフニエル。わたし、あなたがこのお話を通じてわたしたちに何を伝えたいのか、よくわからないの。神秘的《しんぴてき》な怪物《かいぶつ》はいなかったけど、危険《きけん》はそこにあったわけでしょ？　オオカミは現実《げんじつ》の脅威《きょうい》だった。もう少しでニコが殺されるところだったわけだし。おそろしく見えるものが必ずしもこわくない場合もあるわ、あなたみたいに。でも、こわいものが本当におそろしいときだってある。だから、やっぱり、あなたも侵入者《しんにゅうしゃ》には用心しなきゃって思うの」

竜《りゅう》は、少しさびしそうな表情《ひょうじょう》でうなずいた。

「たしかにな。おまえさんの言うこともまちがってはいない。だが、やはり、まずはよく観察し、そこで得られた証拠《しょうこ》をよく比較《ひかく》し、検討《けんとう》するのが先だと思うのだ」

竜《りゅう》は、大きくあくびをした。

「それでこそ……科学的って……もん……だ」

緑色の目を、ゆっくりまぶたがおおい始める。

それを見たザカリーが言う。

「そろそろ行かなきゃ……だね」

竜《りゅう》がつぶやく。

「みなに会えてうれしかった。本当に」

「またすぐ、もどっておいで。弟と妹が待ちきれないでいるだろうから」

竜《りゅう》の目が完全に閉《と》じられた。うっすら、いびきも聞こえてくる。

子どもたちがささやく。

「おやすみなさい、ファフニエル」

ザカリーが懐中《かいちゅう》電灯をともす。三人は〝まわれ右〟をすると、音を立てぬよう、爪先立《つまさきだ》ちで洞窟《どうくつ》の入り口へと引き返した。

洞窟《どうくつ》の外、岩棚《いわだな》のところまで来ると、三人は立ち止まり、青い海の上、不気味な静けさをたたえる白いヨットを見守った。

「わたし、よくわからないの」

サラ・エミリーが口を開く。

「まだ、ファフニエルの話がよくわからないのよ。結局、怪物《かいぶつ》ってのは、いたの？　いなかったの？」

ザカリーは答えず、不安そうな表情《ひょうじょう》で、じっと白いヨットを見つめ続けた。

ハナが答える。

「わたしにもわからない。なんか、奥歯《おくば》にものがはさまったような話し方だったわ」


風で髪《かみ》がぼさぼさの子どもたちがほほを紅潮《こうちょう》させ、ドレイクの丘《おか》からもどると、何やら興《こう》奮《ふん》しているジョーンズ夫人が待ちかまえていた。

「もう、何やってたんです？　待ちくたびれちゃいましたよ。おばさんの居間《いま》に、だれが来てると思います？ なんと、J・P・キングさんですよ！ 〝謎《なぞ》の億万長者〟のね！ もうかれこれ三十分以上、あなたたちの帰りを待っているんですから」

「だれ、それ？ 聞いたことない、そんな人」

サラ・エミリーがたずねる。

「ぼく、知ってる」

ザカリーが答える。

「すんごいお金持ちでしょ。製鉄所《せいてつじょ》かなんかをいっぱい持ってる人。あと、コンピューターで何億ってかせぎ出した人。いつも新聞に名前が載《の》ってる。ただ、いつも記事だけで、本人の写真はないんだよね。写真だけはぜったいに撮《と》らせない人らしい」

ハナがうなずく。

「わたしも聞いたことがある。ぜったい人前には姿《すがた》をあらわさないんだって。高い塀《へい》と護衛《ごえい》の人たちに守られた、巨大《きょだい》なお屋敷《やしき》に住んでるんだって」

ザカリーが続ける。

「世界じゅうに家《うち》があるらしいよ。パリにも、ロンドンにも、ニューヨークにも。モンタナ（アメリカ合衆国《がっしゅうこく》北西部にある州）には大牧場まであるって」

「でも、そんな人が、なんでここに？」

ハナが眉《まゆ》をひそめる。

「なんでも、お詫《わ》びがしたいとかっておっしゃってて」

ジョーンズ夫人が説明する。

「ヨットで島の近くを通りがかったらしいんだけど、てっきり、この島を無人島だと思っちゃったんですって。で、わたしたちが説明してさしあげたの。この島はおばさんの所有地で、だれも、彼女《かのじょ》の許可《きょか》なしに上陸しちゃいけないって。そしたら、あの人、島にだれが住んでるのか知りたがって。だから、お教えしました。わたしたち二人が住んでいて、あなたたち三人が来てるってね。そしたらあの人、子どもは大好きだから、ぜひあなたたちに会わせてほしいって言い出して……。お連れの人たちは、めったなことでは他人には会わないお人だから、会えるのは実に光栄なことだって言うし……」

ジョーンズ夫人はエプロンを直すと、あわただしく冷蔵庫《れいぞうこ》の前まで移動《いどう》した。

「ジャケットはそこの椅子《いす》の上でいいから、早くお行きなさいな。わたしは、お茶を用意しないと……。トビアスが本土からレモンを運んでおいてくれて、ほんとによかった。あと、ココアと出来立てのパウンド・ケーキもお出ししないと……」

子どもたちは、居間《いま》の手前の広間までは来たものの、そこから、なかなか足が前に進まない。あまりにとつぜんの出来事で、心の整理がつかないのだ。

「J・P・キングだってさ！」

ザカリーが小声で言う。

「信じられないよ、まったく」

三人は、〝いっせいのせ〟で居間《いま》の中へと足を踏《ふ》み入れた。

目の前に、ヨットの甲板《かんぱん》の上で見かけた人物がいた。男はカーキ色のズボン、そして、胸《むね》に細い金色の横線が入った青いセーターに着がえていた。手持ちぶさただったのだろう。鋲《びょう》で布《ぬの》地《じ》がとめられた椅子《いす》にすわり、翡翠《ひすい》のチェスの駒《こま》をまんぜんと動かしている。子どもたちが部屋に入ってきたのに気づくと、立ち上がり、友好的な感じで手を差し出した。

「若《わか》き探検家《たんけんか》たちの登場だ。そうだよね？」

男は、ハナ、ザカリー、サラ・エミリーと握手《あくしゅ》を交わす。

「会えてうれしいよ。わたしはJ・P・キング。君たちは……？」

「はじめまして、わたしはハナです」ハナが、よそいきのていねいな口調で答える。「弟のザカリー。そして、妹のサラ・エミリーです」

ミスター・キングはふたたび腰《こし》かけると、どうぞどうぞと、三人にマヒタベルおばさんの馬の毛皮のソファーをすすめる。

「まあすわって、楽になさい」

まるで、彼《かれ》が客をもてなす側で、子どもたちが訪問者《ほうもんしゃ》のような口ぶりだ。

子どもたちは、ソファーのはしに浅く、ちょこんと腰《こし》かけた。馬の毛皮のソファーはすべりやすく、固くてすわり心地も悪い。しかも座面《ざめん》が高いので、子どもたちの足は、床《ゆか》の上でぶらぶらゆれていた。サラ・エミリーはずり落ちないよう、手すりにしがみつく。

「君たちは、本当にめぐまれているね。こんなに美しく、特別な島に住めるなんて」

実にうらやましいといった口調で、ミスター・キングが言う。

「ヨットで近くを通りがかったとき……そうそう、わたしのヨットには気づいたよね？　あの海岸に停《と》まってるやつだ。あれで通りがかったとき、わたしは、この島の手つかずの自然の美しさに圧倒《あっとう》された。わたしは、一年のほとんどを都会で過《す》ごす。光化学《こうかがく》スモッグに渋滞《じゅうたい》、ゴミくず、群衆《ぐんしゅう》でいっぱいの都会でね……。君たちがどれほどめぐまれていることか……」

「あれ、すごくきれいな船ですよね。でも、どうして名前がないんです？」

ハナがたずねる。

「プライバシーのためさ、おじょうさん。あまりにも金持ちになりすぎると……」

ミスター・キングはきまり悪そうに、いったん口を閉《と》じた。そして、窓《まど》の外に広がる入り組んだ岩の海岸線と青い入り江《え》を指さすと、静かな口調で続けた。

「結局のところ、わたしの財産《ざいさん》なんて、君たちがここで享受《きょうじゅ》している自然の豊《ゆた》かさとくらべたら、ゴミみたいなものさ」

廊下《ろうか》で食器どうしぶつかる音がしたかと思うと、小走りのジョーンズ夫人が、食べ物で山盛《も》りのお盆《ぼん》とともにあらわれた。ホイップクリームでふたがされたホット・チョコレート入りマグカップ。切り分けられたパウンド・ケーキ。お皿からこぼれんばかりのオートミール・クッキー。ティーポットからは湯気が立っている。夫人は、お盆《ぼん》を、ソファーの前にある低いテーブルの上に置いた。

「お客さまのおもてなしは、あなたたちにおまかせしますからね」

ミスター・キングをちらっと見て、夫人が言う。そして、「お湯が足りなくなるといけないわね。沸《わ》かしに行かなきゃ」と言いながら、部屋をあとにした。

「どうぞ、おかまいなく」

ミスター・キングは、紅茶《こうちゃ》のカップとパウンド・ケーキのお皿を手に取る。そしてケーキをひと口。

「これはうまい！」

すかさず、ハナが言う。

「ジョーンズのおばさまは、名コックなんです」

ミスター・キングは、ソファーに深く身をしずめると、脚《あし》を組み、紅茶《こうちゃ》をすすった。カーキ色のズボンには、くっきり上品な折り目がつけられている。

「わたしの思いちがいじゃなければ、この島すべてが君たちのおばさんのものなんだよね？」

ミスター・キングはカップを置くと、翡翠《ひすい》のチェスの駒《こま》の一つを手に取り、手の中でころがし始めた。

「美しい」

「そう。島は〝大大叔母《おおおおおおおば》さん〟のもの」ザカリーが答える。

「今、フィラデルフィアにいます」ハナがつけ足す。「そして、おばさまは、島への侵入《しんにゅう》をいっさい禁止《きんし》しています」

ミスター・キングは、チェスの駒《こま》をぎゅっとにぎりしめると、大あわてで言いわけを始めた。

「いやね、知らなかったんだよ。てっきり無人の島だと思いこんでしまって……無断《むだん》で砂浜《すなはま》にキャンプを張《は》らせてしまいはしたけど……」

「おばさん、喜ばないと思う、あのキャンプ」

ミスター・キングの言いわけをさえぎるように、サラ・エミリーが言う。

「おばさんは、プライバシーを大切にする人だから」

ミスター・キングは、深いため息をもらす。

「こんなすてきな場所だ。独《ひと》り占《じ》めしたい気持ちも理解《りかい》できるよ。でも、おばさんに会って、じかにだね……」

「それは無理です」

ハナが、突《つ》っぱねるように言った。

「おばさま、本当なら島でわたしたちと合流するはずだったんですけど、だめになっちゃいましたから。ころんで足首を骨折《こっせつ》してしまったんです」

「ほう、そう……なんだ」

ミスター・キングは、なんともいえない、微妙《びみょう》な返事をした。

「じゃあ、おばさんに会うのは無理ってことかい？」

なぜだろう？　妙《みょう》にほっとしたような雰囲気《ふんいき》がただよう。ミスター・キングは、慎重《しんちょう》にチェスの駒《こま》を盤《ばん》にもどすと、カップを手に取り、紅茶《こうちゃ》をすすった。

「そう、無理」

サラ・エミリーが、飾《かざ》らず露骨《ろこつ》に言う。

ミスター・キングは、急に話題を変えた。

「そうそう、さっき君たちが遊んでるのを見かけたよ。ほら、島のはしの丘《おか》のところさ。さっき、ジョーンズさんが、ドレイクの丘《おか》とかなんとかいう名前だって教えてくれた。変わった名前の丘《おか》だよね、実に」

〝ドレイクの丘《おか》〟という言葉に、子どもたちは、いっせいにだまりこんでしまった。

ミスター・キングは、かまわず続ける。

「よく行くのかい？　きっと、いいながめだろうね、あそこは」

「そんなにしょっちゅうは行きません」

ハナがこう答えるのとほぼ同時に、サラ・エミリーも口を開いた。

「あそこ、わたしたちが大好きな場所の一つだもん」

ザカリーは、あわてて飲みかけていたホット・チョコレートをブクブクいわせ、サラ・エミリーの言葉をごまかそうとした。

ミスター・キングは、わざと気に留《と》まらないふりをしているようだった。前かがみになるとカップを置き、別の話題をふる。

「知ってるかい？　この島に生息する野生動物の密度《みつど》はすごいんだよ。実におどろくべき数値《すうち》なんだ。ほんの数日前もすごいものを見た。何を見たか、当てられるかい？」

ごくり。サラ・エミリーが、つばを飲みこむ。

ミスター・キングが、その音にふり向く。ぜひサラ・エミリーの口から答えを聞きたいといった表情《ひょうじょう》で。

「知らない」

サラ・エミリーは、あわてて頭を横にふる。

「ツノメドリ（海鳥の一種）さ！」

ミスター・キングがさけんだ。

「ツノメドリの群《む》れ。きっと、この島に巣があるんだね」

「見たことないけど……」

ザカリーが口ごもる。

「そうかい。まあいいや」

ミスター・キングは、ナプキンで軽くくちびるのはしを押《お》さえた。

「いやいや、実においしかった」

ナプキンを折りたたみ、ていねいに皿の上に置くと立ち上がる。

「また近々会えるとうれしいんだけどね」

ミスター・キングは、子どもたちに向かってほほえんだ。

「実は、君たちのおばさんに、わたしが島に参上したことを知らせる手紙を書こうかと思ってるんだ。返事が来るまで、ヨットはあのまま停泊《ていはく》させておこうと思う。せっかくだから、君たちもヨットに遊びに来たらいいのに」

「あのヨットに？　いいんですか？」

ハナは興奮《こうふん》をかくせない。

ミスター・キングは、ポケットから革《かわ》の手帳と金色のえんぴつを取り出すと、何やら走り書きをした。

「直通の電話番号だ。たずねてこれそうだったら、ここに連絡《れんらく》して」

そう言うと、走り書きをした箇所《かしょ》をやぶり、ハナに手わたした。

「ありがとうございます」

ミスター・キングは、玄関《げんかん》先のベランダで立ち止まると、島の北のはしから南のはしまでをゆっくり見わたした。そして、おもむろに深呼吸《しんこきゅう》。

「海の香《かお》り。開かれた世界。何が起きても不思議じゃないと思える場所。神秘的《しんぴてき》な、魔法《まほう》のような空間」

ミスター・キングは、ふり向き、子どもたちに向かって軽く会釈《えしゃく》をすると、入り江《え》の栈橋《さんばし》へと続く階段《かいだん》をおりていった。栈橋《さんばし》に、小さな白いモーターボートがつながれている。

「あれで、ヨットと行き来してるんだね」

ザカリーが、サラ・エミリーに耳打ちする。

ミスター・キングは、立ち止まるとふり返り、大きく手をふった。バイバイ。そして、足早に砂浜《すなはま》を横切り、栈橋《さんばし》を駆《か》け上がると、モーターボートに乗りこみ、発進させた。

ザカリーは、後ろ手に玄関《げんかん》のとびらを閉《し》めると、そのままとびらにもたれかかる。

「やれやれ、だね。あぶない、あぶない」

「そう？　そんなに悪い人じゃなさそうだったけど」

ハナが言う。

「あなたが、あれこれ考えすぎなのよ、ザカリー。あの人、有名人なんだし」

「あの人、ツノメドリといっしょに、どっか行っちゃってくれればいいのに」

ぼそっと独《ひと》り言のようにサラ・エミリーが言う。

ハナが答える。

「すぐには無理ね。聞いたでしょ。マヒタベルおばさんから返事が来るまでは、ヨットを島に停泊《ていはく》させておくんですって。それに、まだあぶない人かどうかわからないじゃない。『うたがわしきは罰《ばっ》せず』。うたがうなら、証拠《しょうこ》を比較《ひかく》、検討《けんとう》しなきゃ。ファファニエルが言うように」

「でも、ファファニエルに警告《けいこく》したほうがよくない？」と、サラ・エミリー。

ザカリーが二人に突《つ》っこむ。

「だから〝F《エフ》〟だってば！」

8　きつい戒《いまし》め

サラ・エミリーは夢《ゆめ》の中にいた。とってもすてきな夢《ゆめ》の中。

彼女《かのじょ》は、空を飛んでいた。海のはるか上空を、優雅《ゆうが》に弧《こ》を描《えが》きながら。力強く羽ばたいては上昇《じょうしょう》し、翼《つばさ》を休めては滑空《かっくう》する。澄《す》んだ大気は、潮《しお》の香《かお》り（夢《ゆめ》の中でも、においはするのだ）。遠くではカモメが鳴いている。下を見ると、一面のコバルトブルーの中、風に吹《ふ》かれてはげしく泡立《あわだ》つ波が、白いレース模様《もよう》をつくりだしている。きらめく海の中、三日月状《じょう》の切れこみがあらわれた。彼女《かのじょ》はひらめいた。

「そうか！　わたし、島の上を飛んでるんだ」

灰《はい》色と緑色のまだら模様《もよう》をした三日月は、孤島《ことう》なのだ。マヒタベルおばさんの家の風向計に、日の光が反射《はんしゃ》する。すると、それに呼応《こおう》するかのように、ごつごつ岩が折り重なる北の丘《おか》の頂《ちょう》上《じょう》付近から、別のきらめきが返ってきた。

「なんだろう？」

彼女《かのじょ》は、そのきらめきに向かって旋回《せんかい》する。また光った。銀色の閃光《せんこう》だ。だれかが鏡で合図を送ってきているのだろうか？　急降《きゅうこう》下《か》し、力強く羽ばたくと、きらめきめがけ、一直線に突《つ》き進む。彼女《かのじょ》の鱗《うろこ》が太陽に反射《はんしゃ》し、光りかがやく。目もくらむような金色に……。

まばゆい朝の光が差しこむベッドの上、サラ・エミリーが、がばっと起き上がる。心臓《しんぞう》がドツキンドッキンいっていた。だれかが部屋のとびらをたたいている。

「エス・イー（サラ・エミリーの愛称《あいしょう》）！　ねえ、起きてる？」

ハナの声だ。

「ザカリーが、塔《とう》の部屋で何か見つけたって言ってるの！」

子どもたちは、塔《とう》の部屋こそ、数あるマヒタベルおばさんの家の部屋の中で一番だと考えていた。部屋のとびらは何千年もの間、かたく閉《と》じられたままだった。しかし去年の夏、マヒタベルおばさんが、子どもたちに部屋の鍵《かぎ》を託《たく》したのだった。そう、あの奇妙《きみょう》な鉄製《せい》の鍵《かぎ》を。

ハナは、サラ・エミリーの部屋のとびらを開けると、中をのぞきこむ。

「ほら、早く、早く。着がえなんていいから。ザカリーが急げって」

ハナは裸足《はだし》で、ラベンダー色のフランネルのパジャマのままだった。

姉妹は、二階の廊下《ろうか》のはしまでもつれあうように進むと、三階へと続く細い階段《かいだん》を、たて一列になって駆《か》け上がる。のぼりきった先では、塔《とう》の部屋へと続くとびらが、半開きのままになっていた。異様《いよう》な渦巻《うずま》き模様《もよう》の鍵《かぎ》も、鍵穴《かぎあな》に差しこまれたままだ。半開きのとびらの向こうには、鉄製《せい》のはしごがある。はしごをよじのぼったところにある跳《は》ね上げ式のとびらは、すでに開いていた。一人ずつ、はしごをよじのぼり、塔《とう》の部屋の床《ゆか》の上にはい出る。

子どもたちは、小さな八角形の部屋の中にいた。すべての壁《かべ》に、船にあるような丸窓《まるまど》がある。きっと、この家を建てた船長さんが、いつでも船室にいる気分にひたれるよう、窓《まど》をこのようなデザインにしたんだろう。ザカリーはそう考えていた。

床《ゆか》に立ったサラ・エミリーは、ゆっくりまわりを見まわすと、めいっぱい鼻から息をすいこんだ。彼女《かのじょ》は、塔《とう》の部屋のにおいが大好きだった。ショウガ風味のクッキーのにおいに、杉《すぎ》の木の香《かお》り。それに、防虫剤《ぼうちゅうざい》とヨードチンキが合わさったようなにおいが、彼女《かのじょ》に、秘密《ひみつ》の財《ざい》宝《ほう》でいっぱいのトランクを連想させるのだ。古いサテンのドレス、クジャクの羽でできた扇子《せんす》、金ボタンのフロックコート、ビーズ飾《かざ》りがついたバレーシューズなどでいっぱいのトランクを。

部屋は〝ならでは〟のものであふれている。古い本がつまった本棚《ほんだな》。革《かわ》の背表紙《せびょうし》はひび割《わ》れ、一さつ一さつに金の刻印《こくいん》がある。虹《にじ》色にかがやく貝がらに、奇抜《きばつ》な形をした石のコレクション。昔なつかしい子どもの玩具《おもちゃ》。このうちのいくつかは、かつてマヒタベルおばさんのものだったはずだ。彫刻《ちょうこく》がほどこされた台には真鍮《しんちゅう》のドラがかけられ、わきには赤い木製《せい》の打ち子が絹《きぬ》糸《いと》でぶらさげられている。

ザカリーは、船長の机《つくえ》の上で何かと格闘《かくとう》していた。机《つくえ》の引き出しという引き出しはすべて引っぱり出され、整理棚《だな》の奥《おく》が丸見えだ。

「大きくなったら、こんな机《つくえ》がほしいんだ」。ザカリーは常々《つねづね》そう言っていた。加えて秘密《ひみつ》の引き出しや、はめこみ式のインク壺《つぼ》もあるとなお良し、と。

それを耳にするたび、サラ・エミリーは思った。「あの大きさじゃ、コンピューターが置けないんじゃないかしら」。彼女《かのじょ》は、ザカリーのことを実によく理解《りかい》していた。

「見つけたって、何を？」

サラ・エミリーがザカリーに声をかける。

「本箱の中にあったのを見つけたんだ。本を引っぱり出したら、いっしょに中から出てきた」

見ると、本が床《ゆか》の上にころがっている。ハナは拾い上げると、題名を読み上げた。

「『秘密《ひみつ》の獣史《けものし》――グリフィン（ワシの頭・翼《つばさ》とライオンの胴体《どうたい》とを持ち、黄金の宝《たから》を守る怪獣《かいじゅう》）、バジリスク（砂漠《さばく》にすみ、ひと息またはひとにらみで人を殺したという、ヘビのような伝説上の怪獣《かいじゅう》）、人魚、竜《りゅう》、羊を生み出す植物タルタロス（バロメッツ）――』、マーロウ＆パーキンズ出版《しゅっぱん》、ロンドン、一七二七年」

「その本、題名ほど中身はおもしろくないんだ。ほとんどラテン語で読めないし、挿《さ》し絵もかすれてて見づらい。でも、ほら、これ見て」

ザカリーが何かを差し出した。

古い白黒写真だった。女性《じょせい》が二人写っている。二人とも、帽子《ぼうし》の山にリボンが一周している麦藁帽《むぎわらぼう》をかぶり、ウエストがくびれた丈《たけ》の長いワンピースを着ていた。二人のうちの背《せ》の高いほうは、先のとがった高い鼻の上に、眼鏡《めがね》をちょこんとかけている。少しむっとしているようにも見える。背《せ》の低いほうは笑っており、太陽がまぶしいのか目を細めている。二人の女性《じょせい》の間には、水兵の格好《かっこう》をした小さな男の子も写っていた。

「だれ、この人たち？」

サラ・エミリーがたずねる。

ザカリーは、写真を裏返《うらがえ》すと、そこに書かれた文字を指さした。

「ここに『わたし、アンナ、ヨハン』ってある。そのすぐ下には、別の言葉が書かれてる。こっちは、あとから書き足されたんだと思う」

ハナはのぞきこむと、ゆっくりその言葉を読み上げた。

「きつい戒《いまし》め」

「これ、マヒタベルおばさんの字じゃないかと思うんだよね」

その筆跡《ひっせき》を見つめながら、ザカリーが言う。

「『きつい戒《いまし》め』ってなんだろう」サラ・エミリーが首をひねる。

「それに、だれ、この人たち？」ハナもいぶかしがる。「アンナとヨハンって、だれなのよ？

『わたし』って？」

ザカリーは静かに首を横にふる。

「マヒタベルおばさんに聞いてみよう。どっちみち、J・P・キングのことも知らせなきゃいけないし」

「しっ、だれか呼《よ》んでる」

サラ・エミリーが耳をすますと、下の階、はるか遠くのほうから、かすかにジョーンズ夫人の呼《よ》ぶ声が聞こえる。

「ホットケーキが焼けたって言ってる」

ザカリーが、あわてて写真から顔を上げる。

「行かなきゃ。手紙は、朝ごはんが終わってからだ」

9　不快《ふかい》な遭遇《そうぐう》

ジョーンズ夫人のブルーベリー・ホットケーキを食べ終え、お皿をあらい、マヒタベルおばさんへの手紙を書き終えた子どもたちは、ひき続き、ドレイクの丘《おか》へともどる準備《じゅんび》にとりかかろうとしていた。ちなみにザカリーは、メイプルシロップでひたひたのホットケーキを八まい、ぺろっとたいらげた。

「ねえ、その手紙、もう一回だけ読んで。何書いたかわすれちゃわないように」

サラ・エミリーがハナにおねだりする。

手紙は、全体がラベンダー色で、ふちに紫《むらさき》のパンジー模様《もよう》のついた便箋《びんせん》にしたためられていた。ハナのいちばんのお気に入りだ。

「マヒタベルおばさまへ」

ハナが読み上げる。

足首のおかげん、いかがですか。よくなってるとうれしいです。F《エフ》は元気です。でも、島によそ者が来てるんです。J・P・キングという人がヨットで来て、浜辺《はまべ》にキャンプを張《は》ってます。彼《かれ》に、島は私有地《しゆうち》だって言ったんですけど、おばさまから返事が来るまでは動かないって言うんです。

それと、もう一つ。塔《とう》の部屋で、本にはさまっていた写真を見つけました。写真の裏《うら》には「わたし、アンナ、ヨハン」と「きつい戒《いまし》め」って書いてあります。写真の人たちは、いったいだれなんですか？　そして、戒《いまし》めとはなんでしょう？

すぐにお返事くださいね。

ハナ
ザカリー
サラ・エミリー

「上出来、上出来」

グラノーラのお菓子《かし》、リンゴ、レモネードの入ったペットボトルをバックパックにつめこみながら、ザカリーが言う。

ハナは、便箋《びんせん》を三つ折りにするとラベンダー色の封筒《ふうとう》に入れ、封《ふう》をし、切手を貼《は》ると、ザカリーに向きなおった。

「食べ物ばっかりつめこんでるんじゃないでしょうね。信じられない。さっき、山ほどホットケーキ、食べたばかりじゃない。わたしなんて、まだ、おなかぱんぱん。食べ物見るのもいやなのに」

眉間《みけん》にしわを寄《よ》せ、嫌悪感《けんおかん》丸出しだ。

「でも、あのホットケーキ、小さかったし」

ザカリーは意に介《かい》さない。

「全然小さくありませんでした！」

ハナは言い返すが、ザカリーはいっこうに取り合わない。

「さあさあ、出発、出発」

三人は、元気いっぱいで家を出ると、早足で進んだ。早く竜《りゅう》の洞窟《どうくつ》にもどりたかった。

ドレイクの丘《おか》のふもとにつくと、太陽はすでに高く、頭の上までのぼっていた。空は、雲ひとつない透明《とうめい》な青。空気は澄《す》みわたり、風が遠く潮《しお》の香《かお》りを運んでくる。こんな完璧《かんぺき》な朝に、やっかいごとなんて起こるはずがない……そんな気にさせてくれる天気だ。

「洞窟《どうくつ》に行く前に、キャンプの様子を見ておこうよ」

ザカリーが言う。

「あいつらがまだあそこにいるか、確認《かくにん》するんだ」

立ちならぶ白いテントの中央に、石を丸くならべたキャンプ・ファイアーの跡《あと》が見える。そのわきに数人の人影《ひとかげ》。制服《せいふく》のようなおそろいの服を着た若《わか》い男たちだ。濃紺《のうこん》色のズボンに、胸《むね》ポケットのところに名札のついた白いウィンドブレーカーをはおっている。ゴムのウェットスーツに身を包んだ若《わか》い女性《じょせい》の姿《すがた》もある。水中ゴーグルと脚《あし》ひれを手に持ち、足もとにはハーネスつきの酸素《さんそ》ボンベが置かれていた。

クリップボードを手にした別の男が一人一人指さしては、そのつど、えんぴつでチェックを入れている。何やら命令を下しているようだ。

「何しゃべってるか聞こえたらいいのに、もう」

いらいらした口調でハナがつぶやく。

ザカリーは、ハナの言葉に反応《はんのう》すると、何やらバックパックの中を引っかきまわし始めた。そして、おもむろにテープレコーダーと豆粒大《まめつぶだい》のマイクを引っぱり出した。

「聞こえるかもよ」

ザカリーはそうささやくと、興奮《こうふん》した面持《おもも》ちでテープレコーダーの電源《でんげん》を入れる。

「あとは、このマイクをあの人たちの近くに置きさえすれば、何を話してるのか、一言残らず聴《き》けるはず。コードの長さも十分足りそう。二人はここにいて。すぐにもどるから」

ザカリーは、豆粒大《まめつぶだい》のマイクをにぎりしめると、四つんばいになって進み、テントのすぐわきに生えているモミの木のかげに身をかくした。そして、会話をしている人影《ひとかげ》のそばめがけ、マイクを放り投げた。豆粒大《まめつぶだい》のマイクは、浜辺《はまべ》に群生《ぐんせい》する草の中に落ち、見えなくなった。

ザカリーは、大急ぎで姉妹のところに引き返す。

「さあ、聴《き》いてみよう」

ザカリーはテープレコーダーのスイッチを押《お》した。

「……水底の洞窟《どうくつ》……」

スピーカーから、かすれ声の持ち主が話すのが聞こえてきた。

「キングさんは、海岸のこの辺り、ここの下の空間に興味《きょうみ》深いものがあるんじゃないかって考えておられる。これは君の仕事だよ、アリスン。もぐってる間の見張《みは》りとして、ダニーを連れていきたまえ」

ぼそぼそ声らしきものが聞こえるが、小さくて、何を言っているか聞き取れない。アリスンが何やら質問《しつもん》をしたらしい。

「いや、洞窟《どうくつ》だけでいい」

かすれ声が答える。

「中に何かないか調べるんだ。マイクとトニー、君たちは砂浜《すなはま》に向かってくれ。そこから岩山を見て、岩と岩の合間に変わったところがないか、目で確認《かくにん》するんだ。ベン、君は丘《おか》を見てきてくれたまえ」

「またですか？」

おそらくベンと思われる声が、うんざりした口調で答える。

「もう、すみからすみまで調べましたよ。あのごつごつした岩のところは」

「まだだ。まだ完璧《かんぺき》じゃない」

かすれ声が言う。

「キングさんは、この一帯の完璧《かんぺき》な地図をお望みだ。今の君のメモではまったくもって不十分。地図の上には、野生動物の住処《すみか》が正しく書きこまれていなくてはならない。君に忠告《ちゅうこく》しておくよ、ベン。もしこの仕事を首になりたくないのなら、アライグマをワライグマなんて書きまちがえたりしないことだ」

ベンが鼻をすする音が聞こえる。

「そのズルズルは了解《りょうかい》ってことでいいんだな」

かすれ声が言う。

「さあ、とっとと仕事にかかれ。各自、五時までにはもどって報告《ほうこく》するように。資料《しりょう》を突《つ》き合わせるからな」

低い声でたがいにぶつぶつ不平をもらしながら、人の群《む》れは散っていった。

ザカリーが、小型テープレコーダーのスイッチを切る。

「どうやら、そういうことみたいだね。つまり、あいつらは何やら調査《ちょうさ》中ってこと」

「ザカリー、見て。ほら、あの人が……」

サラ・エミリーが切迫《せっぱく》した声を出す。

白いウィンドブレーカーを着た男が一人、浜辺《はまべ》の草の合間から起き上がると、怪訝《けげん》な顔をしている。手にはザカリーのマイクがにぎられていた。

「見つかった！　逃《に》げなきゃ！　早く！」

ハナがささやく。

ザカリーは、マイクをテープレコーダーから引きぬこうと、大あわてでマイクのコードをさぐる。時すでにおそく、コードの反対側では、ウィンドブレーカーの男が、木のかげに露出《ろしゅつ》したコードをたどって走り始めていた。

はって逃《に》げようとする子どもたちを見つけた男が、さけぶ。

「何やってんだ！　こんなところで！」

肩《かた》はばが広く、赤みがかった髪《かみ》で、面長《おもなが》の男だった。むっとした表情《ひょうじょう》をしている。胸《むね》の名札にはベンとある。

「なんだ、おまえたちは！」

男はなんの遠慮《えんりょ》もなく、マイクのコードをぐいっとたぐりよせた。テープレコーダーはザカリーの手から飛び出し、ガシャッという音とともに地面に落下した。

ザカリーは、テープレコーダーを拾おうと、ゆっくり身をかがめる。その顔は怒《いか》りで真っ赤だ。反対に、サラ・エミリーの顔は真っ青。

「わたくしたち、野鳥の鳴き声の研究をしてたんですけど」

ハナが、実に落ち着きはらった声で言う。そして、片方《かたほう》の腕《うで》でサラ・エミリーを抱《だ》きよせた。

「学校の課題ですから」

あまりに冷静なハナの対応に口をあんぐり開けていたザカリーだが、野鳥愛好家に見えるよう、あわてて口を閉《と》じ、良い子の表情《ひょうじょう》をつくった。

「イソシギがいましたわ」

きらきらした目で男をまっすぐ見つめながら、ハナが続ける。これは彼女《かのじょ》の演技《えんぎ》。真摯《しんし》さをアピールするいつもの手だ。そしてこの戦法、初対面の相手には、けっこういい確率《かくりつ》で通用するのだ。もっとも、家族には通用しない。そして、どうやらベンにも通用していないようだ。

案外、見かけより利口《りこう》なのかもしれない。

「おれは、イソシギなんて見てねえぞ」

明らかにうたがっている口調で、ベンが言う。

「おまえら、ちょっとおれについてこい。キングさんは、こそこそかぎまわられるのが大きらいなんだ」

「ここはおばさんの島だ。彼《かれ》のじゃないぞ」

ザカリーが食ってかかる。

「こそこそかぎまわっているのは、おまえらのほうだ。ぼくたちは、おまえの言うことなんてきかないからな」

「そいつは、どうだかな」

ベンは一歩前に出ると、手荒《てあら》くザカリーの上腕部《じょうわんぶ》をつかみ、ぐいっと引っぱる。ザカリーはバランスをくずし、ベンとたがいちがいになる。

「いっしょに来い。三人全員だ。さあ」

「彼《かれ》をはなしなさい！」

ハナはさけぶと、必死でザカリーのもう片方《かたほう》の腕《うで》にしがみついた。

「いったい全体、なんのさわぎだ！」

新たな声がひびいた。声の主《ぬし》は昨日《きのう》の朝、テントから出てきた中国人とおぼしき男だった。

昨日《きのう》同様、黒のスーツに身を包み、刺繍《ししゅう》の入った帽子《ぼうし》をかぶっている。これだけ近いと、刺《し》繡《しゅう》の細部までがはっきりと見える。深紅《しんく》の鳥と金色の花の図柄《ずがら》。翼《つばさ》のあるヘビが空中で身をくねらせているようなトルコ石の装飾《そうしょく》もある。背《せ》の高い男で、木のわきから、威嚇《いかく》するようなするどい目つきで三人を見下ろしていた。口はぎゅっと真一文字に閉《と》じられ、まるでナイフの切り口のよう。古い象牙《ぞうげ》のような肌《はだ》の色をしている。

ハナは、サラ・エミリーの身体《からだ》がふるえているのを感じた。

「これはこれは、チャンさん。このガキどもがうろちょろしていたもんで」

ベンが言う。

「はなしてやりなさい」

チャンと呼《よ》ばれた男が言う。

「子どもたちを行かせてやりなさい」

静かでかわいた声だ。紙がサラサラ触《ふ》れ合う音みたい。ハナは思った。

ミスター・チャンがベンに告げる。

「さあ、早く。ここはもういいから、自分の仕事にもどるのです」

ベンは、ミスター・チャンの決定に納得《なっとく》がいかない様子だった。何回か後ろをふり返りながら、よろよろと木立《こだち》の間に消えた。

ミスター・チャンは、子どもたちの目の前に指を突《つ》きつけると、強い口調で言った。

「立ち去りなさい！　二度と来ちゃだめだ！」

子どもたちは後ろを向くと、一目散《いちもくさん》に走り出した。


三人は用心のため、洞窟《どうくつ》手前の展望台《てんぼうだい》へと続く岩棚《いわだな》を、はって進んだ。

「頭を上げちゃだめ」

緊迫《きんぱく》した口調で、ザカリーが言う。

「キングさんが、甲板《かんぱん》の上から、双眼鏡《そうがんきょう》でツノメドリをさがしてるかもしれないからね。ベンが近くをうろうろしてるかもしれないし」

子どもたちは、腕《うで》と膝《ひざ》ではいはいしながら、岩棚《いわだな》をわたりきった。岩かげから、真下に停泊《ていはく》しているヨットをのぞきみたが、甲板《かんぱん》の上にはだれもいなかった。

ザカリーは、ほっとため息をついた。と思ったのも束《つか》の間《ま》、

「まずい、とってもまずい……」

とつぜん、とりみだしたかと思うと、あえぎながら、「ほら、あそこ。見て」と、丘《おか》のふも

との岩を指さした。やたらと目立つ白のウィンドブレーカーが丘《おか》の斜面《しゃめん》にへばりつき、一つ一つの岩をハンマーでたたいている。どうやら、岩と岩の間にすきまや裂《さ》け目がないか、チェックしているらしい。

ハアハア、ハアハア。サラ・エミリーの呼吸《こきゅう》が荒《あら》くなる。

「わたし、こわいわ」

「早くファフニエルのところに行きましょう。さあ」

ハナがうながす。

「これ以上事態《じたい》が悪化しないうちに」

子どもたちは、足早に洞窟《どうくつ》の入り口をくぐりぬける。くだけちる波の音がぴたっとやみ、音のない、真っ暗な世界が広がる。ザカリーが、懐中電灯《かいちゅうでんとう》のスイッチを入れる。子どもたちは奥《おく》へ、下へと進む。煙《けむり》とシナモンが合わさったようなにおいが、しだいに強くなる。それは、今の子どもたちにとって、ほっとするにおい。竜《りゅう》のにおいだ。

暗闇《くらやみ》の中、とつぜん閃光《せんこう》が走る。懐中電灯《かいちゅうでんとう》の光が、竜《りゅう》の鱗《うろこ》に反射《はんしゃ》したのだ。シュッという音とともに、竜《りゅう》が炎《ほのお》を吐《は》き出す。洞窟内《どうくつ》が徐々《じょじょ》に明るくなっていく。

〈二番覚醒《かくせい》〉だった。すずしげな青い瞳《ひとみ》が、子どもたちを見つめている。

「ようこそ、ハナ、ザカリー、サラ・エミリー。言葉では言い表せないほど待ちわびていたんだよ。ふたたび会えるこの瞬間《しゅんかん》をね」

深く、ハスキーな声だ。竜《りゅう》は首を旋回《せんかい》させ、子どもたちのすぐそばまで頭を持ってくると、心配そうな口調で続けた。

「何やら、よからぬことが起きているらしいね」

子どもたちは、洞窟《どうくつ》の床《ゆか》に腰《こし》をおろすと、あたたかな竜《りゅう》のしっぽにもたれかかった。

サラ・エミリーが報告《ほうこく》する。

「浜辺《はまべ》で、変な人たちに会ったんです」

ハナが続ける。

「その人たち、島じゅう調べてます。それも、穴《あな》や洞窟《どうくつ》をさがしてるみたい。なんでさがしているのか突《つ》き止めようとしたんですけど、なかの一人に捕《つか》まっちゃって……。その人、いきなりザカリーをつかむと、力づくで引きずっていこうとして……」

「なんたる礼儀《れいぎ》知らず！　卑劣者《ひれつもの》め」

竜《りゅう》が悪態《あくたい》をつく。

「あいつら、全員キングさんの手下なんです」

ザカリーが報告《ほうこく》を続ける。

「キングさんは、島にいる許可《きょか》をもらおうと、マヒタベルおばさんに手紙を書いたそうです」

「あの人、危険《きけん》な人なんです」

サラ・エミリーは竜《りゅう》に向かって言うと、兄と姉のほうに向きなおった。

「わたし、わかるの。あの人、ファフニエルのことをさがそうとしてるって」

「でも、いったいどうやって、あの人がファフニエルのことを知ることができたっていうの？　それに、ちゃんとおばさんが、島を出ていくように言ってくださるわよ」

ハナが言う。

「でも、キングさんがおばさんの言うことを無視《むし》したら、どうする？」

ザカリーが割《わ》って入る。

「おばさんは、足首を折って、フィラデルフィアにいるままなんだよ。キングさんが無視《むし》して居続《いつづ》けたら、どうやってそれをやめさせられる？　何もできないじゃん」

「戦っちゃったりとか……」

サラ・エミリーが自信なさそうに言う。

「言うのはかんたんだけどさあ、ぼくたち、まだ子どもだよ」

ザカリーが首を横にふる。

「それに、喧嘩《けんか》は好きじゃないんだ。学校にも喧嘩《けんか》っ早い子が何人かいて、いつも、どっちが大きいとか強いとかで争ってる。そいつら、ぼくが喧嘩《けんか》をさけると、弱虫って言ってぼくをいじめる。でもぼくは、ぜんぜん弱虫なんかじゃない。喧嘩《けんか》なんてバカバカしいって感じてるだけさ」

ザカリーの言葉に共感したように、竜《りゅう》は首を大きくたてにふった。

「たしかに。交戦は過剰《かじょう》すぎる反応《はんのう》だよね」

青い目は、夢《ゆめ》見るような、遠い目で続けた。

「ある話を思い出すなあ。忠義《ちゅうぎ》と名誉《めいよ》の物語だ。聞きたいとは思わないかい、この話？」

「騎士《きし》やお城《しろ》のお話ね！　わたし、そういうお話、大好き」

サラ・エミリーは大興奮《だいこうふん》。

「今ちょうど、アーサー王やランスロットやグィネビアのお話（アーサー王伝説）を読んでいるところなの。岩に刺《さ》さった剣《けん》の話とか」

「ぼくは遠慮《えんりょ》しときます、戦いの話なんて」

ふてくされたようにザカリーが言う。

竜《りゅう》が金色の爪《つめ》を伸《の》ばし、ザカリーの髪《かみ》の毛をやさしくなでる。

「世に争いの種は尽《つ》きまじ……か。まあ、そう言わずに、お聞きなさい」

竜《りゅう》が語り始め、子どもたちは竜《りゅう》の声に耳をそばだてる。ふたたび洞窟《どうくつ》の壁《かべ》が透《す》けていく。

とつぜん、勝ち誇《ほこ》ったようなトランペットのファンファーレが鳴りひびく。続いて、金属《きんぞく》がぶつかり合う音に、落雷《らくらい》のように鳴りひびく馬の蹄《ひづめ》の音。かと思うと、リュート（マンドリンに似《に》た形の弦楽器《げんがっき》）をつまびく合間から、人々が静かに談笑《だんしょう》する声。リンゴや肉を焼くこうばしいにおいが鼻を突《つ》く。ふたたび、子どもたちは別の空間、別の時間の中にいた。

10　青目の竜《りゅう》の物語《1》——ガウェインとエレノア

「ガウェインは十一歳《さい》。騎士見習《きしみなら》いだった」

竜《りゅう》は語る。

「彼《かれ》がまだ七歳《さい》のとき、礼儀《れいぎ》作法と武術《ぶじゅつ》を学ばせたいという両親の希望により、ハンプトン城《じょう》にあずけられたのだ。ガウェインの指導《しどう》は、城《しろ》の持ち主であるチャールズ卿《きょう》と、その妻《つま》マーガレットによってなされた。日中《にっちゅう》は武器《ぶき》のあつかい方を習い、乗馬技術《ぎじゅつ》を完成の域《いき》に高めるべくつとめ、鎧兜《よろいかぶと》のみがき方と修理《しゅうり》の仕方を学んだ。日が暮《く》れるとようやく食事だが、食べられるのは、チャールズ卿《きょう》と夫人、さらに城《しろ》の雇《やと》い人全員が食べ終わるのを見とどけてから。ガウェインは、騎士《きし》になるべく修行《しゅぎょう》に耐《た》えた。しかし、騎士《ナイト》の称号《しょうごう》なんて、はるか彼方《かなた》、自分には永遠《えいえん》に手のとどかないものにも思えるのだった……」

ガウェインは、城《しろ》の調理場の入り口にある階段《かいだん》に腰《こし》かけ、爪先《つまさき》で、もう片方《かたほう》の足のかかとを軽くけり続けていた。自分に給仕の番がまわってくるまでの暇《ひま》を、もてあましているのだ。大広間で宴会《えんかい》が開かれていた。ガウェインの後方では、料理長と助手たちが、果てしなく続く大皿を料理でうめるべく、あわただしく動きまわっている。皿に料理がのると、それを手にした使用人たちが、順々に部屋から出ていく。

皿の上の料理は、豪勢《ごうせい》なものばかり。口にリンゴがつめられた豚《ぶた》の丸焼き。まるまる一羽使ったクジャク料理は、緑と青の尾羽《おばね》と金箔《きんぱく》で飾《かざ》られている。ガリオン船（十五〜十八世紀のスペインの三〜四層甲板《そうかんぱん》の大帆船《だいはんせん》。軍船または貿易船《ぼうえきせん》として使われた）を模《も》した巨大《きょだい》で精巧《せいこう》な菓子《かし》もある。風をはらんだ帆《ほ》は砂糖細工《さとうざいく》だ。

ガウェインは、うんざりしていた。

「もう見習いはあきあきだよ……」

彼《かれ》は、騎士《きし》になった自分の姿《すがた》を想像《そうぞう》してみた。ぴかぴかの鎧《よろい》兜《かぶと》に身を包んだ自分。兜《かぶと》のてっぺんには羽毛の飾《かざ》りがゆれている。白馬から飛びおり、剣《けん》、槍《やり》、盾《たて》で武装《ぶそう》した敵《てき》に向かっていく自分……。

彼《かれ》は、チャールズ卿《きょう》の長男、サー（騎士《ナイト》の称号《しょうごう》を持つ者につけられる敬称《けいしょう》）・トリストラムのようになりたかった。ガウェインにとってサー・トリストラムは、絵に描《か》いたような完璧《かんぺき》な騎士《きし》だった。端正《たんせい》な顔立ち、尽《つ》きない親切心、そしてその勇敢《ゆうかん》さ。

「ガウェイン！」

調理場から、だれかがさけぶ。

「ワインが足りないってよ。早く持ってけ！」

ほかのだれかの金切り声と同時に、皿が割《わ》れる音。

「おい、ガウェイン！」

がなり声がさいそくする。

ガウェインは、深くため息をつくと、しぶしぶ立ち上がった。調理場に入ると、石の床《ゆか》じゅうにこぼれている肉汁《にくじゅう》をさけながら奥《おく》まで進み、水差しをワインでいっぱいにすると、こぼさないよう注意しながら、大広間へと運んだ。

大広間に着くと、お客の間をすばやく立ちまわり、空《から》になっているゴブレット（足つきワイン用グラス）をワインで満たした。それが終わると、チャールズ卿《きょう》の右後方にひかえ、ひたすら卿《きょう》、もしくは夫人からの指示《しじ》を待った。宴《えん》もたけなわとなり、緑色のビロードに身を包んだ叙《じょ》情詩《じょう》人トルバドゥールが広間の中心へとしゃしゃり出る。詩人はリュートをかき鳴らし、雄々《おお》しい戦闘《せんとう》の詩を歌い始めた。

ガウェインは、その場に立ったまま、半ば無意識《むいしき》で片足《かたあし》を動かすと、藁《わら》で、床《ゆか》にちらかっているバラの花びらを掃除《そうじ》した。

彼《かれ》の目線は、石の壁《かべ》の高いところをさまよっていた。そこには、槍《やり》、剣《けん》、盾《たて》、そして刺繡《ししゅう》で装飾《そうしょく》された絹《きぬ》の旗、タピストリーが飾《かざ》られていた。

「サー・ガウェイン……なんちゃってね……」

ガウェインは、自分だけに聞こえる小さな声でつぶやいた。指が、ワインの入った水差しをたたく。こつこつ、こつこつ。彼《かれ》はとてもたいくつしていた。

城《しろ》の中には、もう一人だけ、ガウェインと同じくらい、たいくつでうんざりしている人物がいた。ガウェインの親友エレノアだ。エレノアは十歳《さい》。マーガレット夫人のいちばん幼《おさな》い侍女《じじょ》だ。淑女《しゅくじょ》のたしなみを身に着けさせようと、両親がハンプトン城《じょう》にあずけたのだ。

彼女《かのじょ》のお稽古《けいこ》ごとは多岐《たき》にわたる。ダンスに、歌に、リュートのレッスン。さらには極上のタピストリーを作れるよう、刺繡《ししゅう》の特訓。しかしエレノアは、まったくこれらの才能《さいのう》にめぐまれていなかった。彼女《かのじょ》は、すべてのお稽古《けいこ》ごとを憎《にく》んでいた。

あるとき、絶望的《ぜつぼうてき》な表情《ひょうじょう》のエレノアが、ガウェインに打ち明けた。

「わたし、淑女《しゅくじょ》になんか、なりたくないのに」

二人ならんで城《しろ》の壁《かべ》にもたれかかり、緑の森とその向こうに広がる青い丘《おか》を漠然《ばくぜん》とながめていたときのことだ。

「だいたい、何やったってだめだしね。ガリアード（三拍子《びょうし》の舞曲《ぶきょく》）のときなんて、踊《おど》りながら自分で自分の足を踏《ふ》んづけちゃうのよ。うまくリズムにも乗れない。刺繍《ししゅう》のお稽古《けいこ》も大きらい。まっすぐ縫《ぬ》えないし、針《はり》で指をつついてばかり。ユニコーンのつもりが豚《ぶた》みたいになっちゃうし」

「ああ……ね……」

ガウェインは言葉をにごした。なんと言ってあげたらよいのか、うまく言葉が見つからなかったのだ。踊《おど》りや刺繍《ししゅう》くらいしか、女の子はやることがないのだし。

「それにね、ちゃんとお話しできる子さえ、いないのよ」

エレノアは続ける。

「侍女《じじょ》たちの話すことといったら、ファッションやお化粧《けしょう》や髪型《かみがた》のことばかり。それかサー・トリストラムのことか」

彼女《かのじょ》は顎《あご》を空に向けると、まつ毛をあわただしく上下させ、だれかの声色《こわいろ》をまねて言った。

「彼《かれ》ってとってもハンサムなの〜。すっごくたくましいの〜。きれいな金髪《きんぱつ》だし〜」

ふたたび自分自身の声にもどすと、続けた。

「あんなの、かっこだけの、おまぬけよ。話そうとしたところで、とてもまともな会話にならないもの。あの人が口にすることときたら、剣《けん》とアホ馬のことだけ」

ガウェインはびっくりした。

「あの人は完璧《かんぺき》な騎士《きし》だよ、エレノア。そう、まさに完璧《かんぺき》。去年の馬上槍《やり》トーナメント、全部優勝《ゆうしょう》したし。ぼく、あの人みたいになれたらいいなって思ってるのに」

エレノアは鼻で笑うと、吐《は》きすてるように言った。

「あの人みたいにだけは、なってほしくないものね」


宴会《えんかい》から二日後、エレノアが、興味深《きょうみ》いニュースをガウェインに持ってきた。さまよえる吟《ぎん》遊《ゆう》詩人が城《しろ》に立ち寄《よ》り、歌をうたうのでいくらかめぐんでほしい、と願い出たらしい。

「この詩人さんたら、つぎはぎだらけの服で、ひどくみすぼらしい格好《かっこう》なの」

エレノアは言う。

「で、肩《かた》の上にペットのリスが乗ってるの。このリスがまた、てのひらにのせたナッツを器用に食べるのよ。そして、めちゃめちゃ歌が上手なの」

「リスが？」

真顔でガウェインがたずねる。

「バカね。リスじゃなくて吟遊《ぎんゆう》詩人がよ」

エレノアが、ガウェインのわき腹《ばら》をこづく。

「で、彼《かれ》が言ったの」

エレノアはもったいぶって、しばらく間《ま》を空《あ》ける。

「森の南側で竜《りゅう》が目撃《もくげき》されたって！」

「竜《りゅう》？　本物の？」

ガウェインの声が高くなる。

「竜《りゅう》なんて、古い物語の中だけのものだと思ってたけど」

「いいえ、ちがいます。作り話なんかじゃありません」

エレノアが語気を強める。

「本物の竜《りゅう》に決まってるじゃない。だって、みんな、このことばかり話してるもの。この獣《けもの》を見つけて殺したら英雄《えいゆう》になれるぞってね。サー・トリストラムなんて、鎧《よろい》兜《かぶと》をみがきなおし、城《しろ》の鍛冶屋《かじや》に剣《けん》を研《と》がせてるわ」

「ああ、これだから、騎士《きし》見習いはいやなんだ」

ガウェインは、路傍《ろぼう》の丸石を赤い革靴《かわぐつ》でけっ飛ばす。

「サー・トリストラムみたいにさっそうと馬で駆《か》けつけて、竜《りゅう》と戦えればいいのに。ずるいよ、こんなの。不公平だ」

エレノアは、着ていた青いガウンについていたほこりを手ではらうと、言った。

「なんで？　行けばいいじゃない」

ガウェインは彼女《かのじょ》をにらみつけると、バカていねいに答えた。

「だって、ぼくは正式な騎士《きし》じゃありませんですからね。馬も持っておりませんし。ええ、鎧《よろい》兜《かぶと》も剣《けん》も持ち合わせてございませんですとも」

「でも、竜《りゅう》をやっつけちゃったら、すっごい功績《こうせき》よ。きっと、チャールズ卿《きょう》が騎士《きし》にしてくれるわ。自分専用《せんよう》の鎧《よろい》兜《かぶと》一式、それに絹《きぬ》の旗ももらえる。旗には竜《りゅう》を描《か》くの。みんなが、あなたのことを、ドラゴンハンターのガウェインって呼《よ》ぶわ。ほしいものがみんな手に入るじゃない」

「でも、どうやって？　ぱちんこと素手《すで》だけじゃ竜《りゅう》は殺せないよ。ほかに武器《ぶき》は持ってないし」

「お城《しろ》の兵器庫に山ほど剣《けん》があるじゃない。ありとあらゆる種類の剣《けん》が。借りちゃえば？」

「でも、それって盗《ぬす》みじゃない」

ガウェインは気が引ける。

「あとでちゃんと返せば、盗《ぬす》みじゃないもん」

エレノアは引きさがらない。

「真夜中になったら、剣《けん》を持って裏門《うらもん》まで来て。わたし、そこで待ってるから。いっしょに竜《りゅう》をさがしに行きましょう」

「君は連れてけないよ、エレノア。だって、本物の騎士《きし》は、レディーを竜《りゅう》さがしの旅に連れてったりしないもの。君にお願いするとしたら……そうだな、君のハンカチかリボンなんかをお守りにもらうとか……で、君は、ぼくが竜《りゅう》の首を持って帰るのを、ひたすら待つんだ」

エレノアは、その提案《ていあん》を突《つ》っぱねた。

「もし、いっしょに行かせてくれないなら、どの道を行けば森をぬけられるか、教えてあげないもんね。一人で行ったら、ぜったい竜《りゅう》をさがせやしないんだから。だから、あきらめてわたしといっしょに行くことね」

ガウェインがどんなに抗議《こうぎ》しても、エレノアはまったく聞く耳を持たなかった。

結局、二人はいっしょに出かけることになった。ただし、ガウェインは一つだけ、エレノアに条件《じょうけん》をつけた。いったん戦いが始まったら、エレノアはわきによけていること、という条《じょう》件《けん》だ。

「すべてが終わったら、あなたのタピストリー作ってあげる」

走って部屋にもどるとちゅう、後ろをふり返ったエレノアが言った。

「竜《りゅう》が、ちょこっとだけ牛っぽくなっちゃってもよければだけどね！」

その夜、ガウェインは、チャールズ卿《きょう》の寝室《しんしつ》のとなりの控《ひか》えの間《ま》で、ほかの騎士《きし》見習いたちとともに、藁布団《わらぶとん》の上で横になっていた。彼《かれ》は、このままねむってしまわないか心配だった。いったんねむってしまったら、真夜中すぎても起きられないかもしれない。そうしたら、サー・トリストラムがぼくより先に竜《りゅう》を見つけて殺してしまうだろう。それじゃあ、ぼくは英雄《えいゆう》になれない。

ガウェインは、藁布団《わらぶとん》の下に手をもぐらせ、剣《けん》の感触《かんしょく》をたしかめた。午後、城《しろ》の古い兵器庫にしのびこみ、マントの下にかくして持ち出した剣《けん》だ。重すぎず、バランスのよい、まっすぐな剣《けん》。柄《つか》は銀色で、木の葉の模様《もよう》が彫《ほ》られている。専用《せんよう》の革《かわ》のさやがついており、銀のバックルがついたベルトとセットだった。

城《しろ》はすっかり寝静《ねしず》まっていた。そろそろ真夜中にちがいない。ガウェインは決意を固めた。となりの部屋から、かすかにいびきが聞こえてくる。部屋では、チャールズ卿《きょう》とマーガレット夫人が、赤いビロードのカーテンが垂《た》れ下がる、彫刻《ちょうこく》がほどこされたベッドで寝《ね》ているはずだ。窓《まど》の外でフクロウの鳴く声がする。

ガウェインは、藁布団《わらぶとん》の中身が音を立てないよう、そっと身体《からだ》を起こした。マントを身体《からだ》に巻《ま》きつけると、靴《くつ》に足をすべりこませ、剣《けん》を手に取る。しのび足で部屋を出ると、石の階段《かいだん》を下った。

エレノアは、すでに裏門《うらもん》の前で待っていた。片手《かたて》に手さげランプを持ち、その明かりが目立たぬよう、フードつきのマントでランプ全体をおおっている。

二人は、門のかんぬきを引きぬく。キィー。鉄のかんぬきが、甲高《かんだか》い音を立てる。背筋《せすじ》が寒くなる。

「だれだ、そこにいるのは！」。音に気づいただれかが、そうさけぶんじゃないか？　ガウェインとエレノアは息をひそめる。

あたりは静かなままだった。重い木のとびらを押《お》し開け、門をくぐりぬけると、二人は草原に続く道へと足を踏《ふ》み出した。

11　青目の竜《りゅう》の物語（2）——竜《りゅう》さがしの旅

「こっち、こっち」

　エレノアがささやく。ろうそく一本ともる手さげランプの光が、枯《か》れ葉の積もる小道を、ぼうっと照らし出している。

「南に向かう道の手前から二番めの細い道を右、ね。あの吟遊《ぎんゆう》詩人が言ってたもん」

「ほんとに？」

　ガウェインは、木々の間に目をこらす。

「何かが通った形跡《けいせき》なんて、見当たらないんだけど……。それこそ、もう何年もね」

「今わたしが言ったとおりのことを、言ってたの。記憶《きおく》力《りょく》には自信があるんだから」

　断固《だんこ》とした口調でエレノアが言う。

　エレノアは、ランプを高くかかげると、細い道を進み始めた。彼女《かのじょ》のマントが小枝《こえだ》をかすめる。ガウェインは、すぐ後ろに続く。細い道は森の中、木や藪《やぶ》の合間をくねくねねじくれ曲がりながら、果てしなく続いている。

二人は、ひたすら歩き続けた。何キロも何キロも。もう夜が明け始めている。木々の輪郭《りんかく》がうかび上がり、あたり一面の黒は青ざめた灰《はい》色へとぬりかわる。やがて太陽がのぼり、枝葉《えだは》の間から、ほのかな光がこぼれてきた。エレノアは立ち止まると、ろうそくの火を吹《ふ》き消した。

「もう足がくたくた」

「この細い道、どこへもつながってなんかなさそうだよ。きっと、いいかげんなこと言ってただけなんだよ、その吟遊《ぎんゆう》詩人。あと、リスも。もう、のどがカラカラだ……。あれ？　あれ、水の音じゃない？」

ガウェインが耳をそばだてる。

細い道を左に少しはずれたところに、透《す》きとおった小川があった。二人は、水を飲もうとかがみこむ。エレノアのお下げ髪《がみ》が小川につかる。水は冷えており、あまい味がした。引き上げたお下げの先から、しずくが草に落ちている。

ガウェインは後《あと》ずさりすると、剣《けん》をわきに置き、腰《こし》をおろした。

「このまま、この道を行くべきだと思う？　それとも、城《しろ》に引き返すべき？」

エレノアは、髪《かみ》から水をしぼり出していた。と、とつぜん表情《ひょうじょう》をこわばらせたかと思うと、

「見て！」と、ある一点を指さした。小川の向こう岸、やわらかな土の上に、巨大《きょだい》な足跡《あしあと》があった。爪《つめ》のある生き物の足跡《あしあと》だ。

「竜《りゅう》の足跡《あしあと》だ」

ガウェインが声をひそめる。

「しかも新しいよ。きっと、まだ近くにいるはず」

二人は、たおれた木の幹《みき》をつたって小川をわたる。そして足跡《あしあと》のそばに駆《か》けよると、もっとよく観察しようと腰《こし》をかがめた。

「きっと、水を飲みに来たんだよ。ぼくたちみたいに」

「見て、あっちにもある」

エレノアが別の足跡《あしあと》を指さす。

「ここの藪《やぶ》の枝《えだ》が折れてる。きっと、こっちのほうに行ったんだ。さあ、ぼくの後ろについてきて」

二人は、藪《やぶ》の下をくぐると、地面を擦《す》った跡《あと》、押《お》しつぶされた草、折れた小枝《こえだ》などの痕跡《こんせき》をたどった。エレノアのスカートはイバラにからまり、ガウェインの剣《けん》は何回も木の幹《みき》にひっかかった。やがて、あともう少しだけ先に進めば、森の中に広がる開拓地《かいたくち》のような空間に出られる、そんなところまで来た。

進もうとする二人の目の前に、朝日を浴びて金色にかがやく竜《りゅう》の姿《すがた》があった。

竜《りゅう》は、ガウェインとエレノアが想像《そうぞう》していたよりずっと大きく、おそろしい姿《すがた》をしていた。先端《せんたん》が矢じりの形にとがったしっぽは、ずっしりと重たそう。なめらかな金の翼《つばさ》が、背中《せなか》の上で折りたたまれ、にぶく光っている。頭は三つもある。そのうちの一つが、子どもたちをにらみつけていた。すべてを見通すような青色の目だ。ほかの二つの頭は首の上に横たえられ、ねむっているかのよう。

ガウェインは、自分の足がやわらかなパテ（接合剤《せつごうざい》の一種）にでもなってしまったように感じた。まったく力が入らないのだ。恐怖《きょうふ》で口の中はカラカラ。でも、騎士《きし》の称号《しょうごう》はどうしてもほしい。また、エレノアを守るのは自分のつとめだという強い自覚もあった。

拝借《はいしゃく》してきた剣《けん》をぐいっと引きよせる。そして勇気をふりしぼると、一歩、竜《りゅう》に近づいた。手の中の剣《けん》は、城《しろ》の兵器庫で見つけたときよりもずっとうすく、ちっぽけで、頼《たよ》りなく感じられた。

「竜《りゅう》よ！」

ガウェインは、すっとんきょうな、ふるえる声でさけんだ。

「竜《りゅう》よ！　死を覚悟《かくご》するんです！」

竜《りゅう》が、鼻で深く息をすいこんだ。憤慨《ふんがい》し、いらいらしているのがひしひしと伝わってくる。

ガウェインの背後《はいご》から、エレノアが甲高《かんだか》い声でさけぶ。

「気をつけて、ガウェイン。炎《ほのお》を吐《は》き出す気かも」

しかし、竜《りゅう》の鼻からは、ひとかけらの炎《ほのお》も出なかった。炎《ほのお》を使うまでもなかったのだ。

剣《けん》を高くふりあげたガウェインが、竜《りゅう》に駆《か》けよる。竜《りゅう》はしっぽを軽くひとふり。次の瞬間《しゅんかん》、

剣《けん》はガウェインの手からはじき飛ばされ、空中高く舞《ま》っていた。剣《けん》はゆっくり回転しながら、

はるか遠く、ブラックベリーの茂《しげ》みの真ん中に落下した。

ガウェインは、自分の剣《けん》が飛ばされていくのを、ただただ呆然《ぼうぜん》と見送るだけだった。

「おいおい頼《たの》むよ。いったい全体、どうしたっていうんだい？　朝ごはん食べてないのかい？

それとも、ひどい寝覚《ねざ》めだったとでもいうのかい？」

竜《りゅう》は、一気にまくしたてると、ガウェインの目を真正面からのぞきこもうと首を低くする。

「もしくは、自分の身にふりかかった重圧《じゅうあつ》に耐《た》えかねて、無茶でもしたくなったかい？」

「あなた……言葉……しゃべれるんだ……」

ガウェインの後ろから、エレノアがふるえる声で言う。

「どう思ってたんだい？　こっちが聞きたいねえ。豚《ぶた》みたいにブーブー鳴くと思ってた？　そ

れともモーモー？　ピーチクパーチク？　ギーギーガーガー？」

皮肉《ひにく》たっぷりに竜《りゅう》が言う。

エレノアは前に歩み出ると、ガウェインの横にならんだ。

「知らない。わからない。考えたことないもん」

「めったに考えない生き物だよな、人間ってのは。まったく」

吐《は》きすてるように竜《りゅう》が言う。

「竜《りゅう》がどんなかなんて、だれでも知ってるよ」

ガウェインが、むきになって言い返す。

「伝説の本とか読めば、わかるもん。勇敢《ゆうかん》な騎士《きし》たちがやっつけてきた相手だ。聖者《せいじゃ》ジョージとか」

「ジョージねえ」

竜《りゅう》が、冷ややかに騎士《きし》の名前をなぞる。

「あいつは、たんなるごろつきだったよ。脳味噌《のうみそ》からっぽのごろつき」

「じゃあ、お姫《ひめ》さまのことは？　竜《りゅう》たちは、いつもお姫《ひめ》さまをさらってるっていうじゃない？」

ガウェインは食い下がる。

「わたしが知るかぎり、そんなことをする竜《りゅう》はいないね。お姫《ひめ》さまをさらってどうする？　あんなつまらん生き物をさ。ピーピー泣くだけの、へんちくりんな靴《くつ》をはいた生き物……」

竜《りゅう》は、金色の爪《つめ》を一本立てると、耳の後ろでくるくるまわす仕草をしながら続けた。

「髪《かみ》をいじってばかりのね」

これを聞いたエレノアは、勝ち誇《ほこ》ったような表情《ひょうじょう》をうかべ、ガウェインを見た。

「ほーら、わたしの言ったとおりでしょう」

竜《りゅう》は、二人に対して警告《けいこく》するかのように、一本立てていた爪《つめ》を高くふりかざす。

「竜《りゅう》とは、礼儀《れいぎ》正しく、思いやりにあふれた生き物である。寛容《かんよう》で、気取らず、すこぶる健全。勇敢《ゆうかん》で勤勉《きんべん》。やさしく慎《つつし》み深く……」

と、そのときとつぜん、茂《しげ》みの向こう側から金属《きんぞく》のぶつかりあう音、そして、蹄《ひづめ》が地面を打ち鳴らす音が聞こえた。そして次の瞬間《しゅんかん》、白馬にまたがったサー・トリストラムが、みなの前にさっそうと姿《すがた》をあらわした。見事な立ち姿《すがた》だった。甲冑《かっちゅう》は太陽を受けて光りかがやき、兜《かぶと》の上で深紅《しんく》の羽根飾《かざ》りが風になびいている。そのすぐわきでは、抜《ぬ》き身の刀がひらひら躍《おど》っていた。

「竜《りゅう》よ！」サー・トリストラムがさけぶ。「覚悟《かくご》するがよい！」

竜《りゅう》は、ほんの少し目をやっただけで、小声でつぶやく。

「おいおい、またか。朝っぱらからまったく……」

竜《りゅう》はふたたび、しっぽを優雅《ゆうが》にひとふり。次の瞬間《しゅんかん》、サー・トリストラムは白馬からたたき落とされていた。不意をつかれた白馬は、しばらくその場で固まっていた。やがて、おそるおそる竜《りゅう》を一瞥《いちべつ》、しっぽを巻《ま》いて、もと来た方向へと足早に消えていった。

サー・トリストラムは、ガシャンという金属音《きんぞくおん》とともに地面に落下した。よろめき、つまずきながらも、けんめいに体勢《たいせい》を立てなおそうとしたが、うまくいかず、自らの剣《けん》の上にひっくり返ってしまう。剣《けん》は、重い甲冑《かっちゅう》のすきまから彼《かれ》のふとももをつらぬいた。強い憤《いきどお》りと痛《いた》みが彼《かれ》をおそい、悲鳴がこぼれる。

必死に立ち上がろうとする彼《かれ》のもとに、ガウェインとエレノアが駆《か》けよる。ポタポタ血が草にたれている。

「悪魔《あくま》！」

サー・トリストラムがさけぶ。

「道義心《どうぎしん》のかけらもない獣《けもの》！　悪党《あくとう》！　化《ば》け物！」

「おろかもの」

竜《りゅう》が言い返した。

「いじめっ子のガキ大将《だいしょう》ってのがぴったりだ」

そして、うめき声をあげている騎士《きし》を無視《むし》し、子どもたちのほうへと向きなおった。

「このおろか者をこのまま出血多量で死なせるのは、わたしの良心が許《ゆる》さない。二人で、彼《かれ》のそのちんけな鉄の着物をぬがしてやってはくれないか」

サー・トリストラムは、今度は自分から地面に腰《こし》をおろした。エレノアが兜《かぶと》をぬがす。兜《かぶと》の中の顔は、すっかり青ざめていた。子どもたちは、彼《かれ》を草の上にまっすぐにして寝《ね》かせると、甲冑《かっちゅう》をとめているベルトの金具をはずした。傷《きず》は右のふとももにあった。切り口は深く、見るからに痛《いた》そう。

「まずは、きれいな水で傷口《きずぐち》をあらってやって」

竜《りゅう》が指示《しじ》を出す。

「それから、カビの生えた古いパンで傷口《きずぐち》をおおって。たしか、かごにあったはずだから。そして、その上から包帯を巻《ま》くんだ」

「カビの生えたパン?」

エレノアが聞き返す。

「そう。わたしが焼いた小麦粉百パーセントのやつ」

竜《りゅう》が答える。

「でも、それって変よ。だって、カビたパンでしょ? あの青緑色の。それって、かえってあの人を殺しちゃうんじゃない?」

竜《りゅう》はため息をつくと、やれやれとばかりに首を横にふった。

「君たち人間がおろかにもすててしまっている、その青緑のもじゃもじゃはだね」

もったいぶった口調で竜《りゅう》が言う。

「もっとも価値《かち》のある微生物《びせいぶつ》なんだ。いずれ人間も、このもじゃもじゃから病気に対抗《たいこう》するための物質《ぶっしつ》が作れることを、発見するだろう」

「竜《りゅう》の言うとおりやろうよ」

ガウェインがエレノアにささやく。

「きちんと理解《りかい》して指示《しじ》しているみたいだしさ」

「むろん、きちんと理解《りかい》しているとも」

竜《りゅう》は、金色の鼻の奥《おく》から、キッとガウェインをにらみつけた。

竜《りゅう》の指示にしたがい、エレノアは、かごからカビの生えたパンを取り出すと、サー・トリストラムの傷口《きずぐち》に押《お》しあてた。そして、着ていたマントを細く引きさくと、包帯代わりにやさしく足に巻《ま》きつける。ガウェインは、サー・トリストラムの兜《かぶと》に冷たい水をくんできた。騎士《きし》は一気に飲みほすと、ふたたび草の上に横たわり、目を閉じた。

子どもたちは、騎士《きし》のすぐ横に腰《こし》をおろした。

ガウェインは、あらためて、まわりの空間を注意深く見わたした。開拓地《かいたくち》のような開けた場所のはしっこに、木で組まれた傘《かさ》のようなものがあった。傘《かさ》の下にかごが数個《こ》見える。積み重ねられた石のお皿数まいに、数種類の植物が植木鉢《ばち》に植えられているのも。

ガウェインは、竜《りゅう》に向きなおるとたずねた。

「ここに住んでいるんですか？」

「別に、ここに永住《えいじゅう》しようとしていたわけじゃないんだけどね」

竜《りゅう》は、恨《うら》みがましくサー・トリストラムをちらっと見ると、続けた。

「ちょっとの間、近代的な生活のストレスから逃《のが》れたかっただけなのに……まったく……」

竜《りゅう》の言葉の意味がつかめないガウェインが、困惑《こんわく》した表情《ひょうじょう》をうかべている。

「自然とふれあおうと、キャンプしに来てただけなんだ」

竜《りゅう》は、さびしそうな口調で補足《ほそく》した。

「はぁ……」

エレノアはため息をつくと、口を半開きにしたまま寝《ね》ているサー・トリストラムを指さす。

「どうしよう。とてもお城《しろ》まで運べない……」

「治《なお》るまで、このままここで待つしかなかろう……」

眉《まゆ》をひそめながら竜《りゅう》が言う。

「二週間かそこらのことだろうし。もっともこれ以上、予期せぬ珍客《ちんきゃく》がなければだけど……」

しぶしぶながら、この現実《げんじつ》を受け入れたような口調だ。そして、とつぜん明るい表情《ひょうじょう》に変わると、続けた。

「こうなってしまったからには、この状況《じょうきょう》を楽しまなくちゃ。二人のことを全部、聞かせておくれ。特別にパンの焼き方を教えてあげるから」

12　青目の竜《りゅう》の物語（3）――癒《いや》す者、癒《いや》される者

それからの二週間、ガウェインとエレノアは、森で竜《りゅう》といっしょに過《す》ごした。森じゅう探索《たんさく》しては、野イチゴを摘《つ》み、釣《つ》りをした。たくさんの身の上話を交わし、夜ごと、キャンプ・ファイアーを囲み、歌をうたった。

竜《りゅう》は、二人にパン作りをたたきこんだ。どこに出しても恥《は》ずかしくない、りっぱなパンの作り方を。万が一、現在《げんざい》二人が城《しろ》で続けている修行《しゅぎょう》がとんざしてしまっても、食いっぱぐれることのないように。

ガウェインは、ふたまたの枝《えだ》の先に紐《ひも》を張《は》り、特大のぱちんこを作った。うっかり焦《こ》がしてしまった失敗作のパンを、木に作った的めがけて飛ばして遊ぶのだ。竜《りゅう》は、この遊びを大いに楽しんだ。あるときなど、焼いていたすべてのマフィンをわざと焦《こ》がし、弾《たま》にしたほど。

サー・トリストラムの足は、日に日に力をつけ、やがて城《しろ》にもどれそうなところまで快復《かいふく》し

た。タイミングよく、彼《かれ》の軍馬ももどってきた。まだちょっと、おどおどしてはいたけれど。

サー・トリストラムは、慎重《しんちょう》に馬にまたがる。剣《けん》と甲冑《かっちゅう》は、鞍《くら》の後ろにまとめて結《ゆ》わえつけられた。騎士《きし》は、竜《りゅう》と子どもたちの看病《かんびょう》に対し、ていねいに礼を言った。彼《かれ》は、一刻《いっこく》も早く城《しろ》にもどりたかった。自尊心《じそんしん》が取りもどせるその場所に。

騎士《きし》は、ガウェインを従者《じゅうしゃ》にさそってみた。ガウェインは無言のまま、頭を横にふるだけだった。

竜《りゅう》は、首を高くもたげると、騎士《きし》が走り去る姿《すがた》を見送った。

「十字軍（一一世紀末から一三世紀後半、キリスト教徒がイスラム教徒を討伐《とうばつ》するために編成《へんせい》した軍隊）の騎士《きし》さまか……浅はかなやつらだ、まったく」

サー・トリストラムが去っていった方角を見つめ、処置《しょち》なしとばかりに首をふると、吐《は》きすてるように付け加えた。

「かっこだけの、おまぬけさん」

それを聞いたエレノアが、ガウェインのほうをふり返る。

「ほーら、わたしの言ってたとおりでしょう」

竜《りゅう》もまた、その青い瞳《ひとみ》をガウェインのほうに向けた。

「どうしたんだい？　彼《かれ》といっしょに行かなかったね。君のいちばんの夢《ゆめ》は、騎士《きし》になって戦場を駆《か》けまわることだと思っていたんだが？」

ガウェインはうつむくと、首を小さく横にふった。

「ぼくは、戦いってものが名誉《めいよ》なものだと、ずっと思ってきました。だから、ぼくも戦って英《えい》雄《ゆう》になりたいなって」

自分の足を見つめながら続ける。

「だから、ぼくも竜《りゅう》を狩《か》りたいなって。でも、逆《ぎゃく》の立場、あなたの立場で考えると、すべてがあべこべ、逆《さか》さまになって」

ガウェインがため息をつく。

「今はもう、自分が何をしたいのか、わからなくなっちゃった……」

竜《りゅう》は、みがきあげられた黄金の爪《つめ》の先で、やさしく彼《かれ》の肩《かた》をたたくと言った。

「何が名誉《めいよ》かってのは、そのときどきでちがうものなんだ。その人が置かれている立場による。悩《なや》み、考えるってのは、物事を両面から見られる人にしかできないことだ。だから、今の君の葛藤《かっとう》は、まったくもってすばらしいことなんだよ」

竜《りゅう》は、しばらく厳粛《げんしゅく》な面持《おもも》ちで二人の子どもを見つめていた。そして言った。

「腕力《わんりょく》にうったえ、争うってのはそんなにむずかしいことじゃない。それこそ、だれにでもできる。本当に価値《かち》ある戦いというのは、腕力《わんりょく》にうったえるか否《いな》かを決断《けつだん》するまでの迷《まよ》い、葛藤《かっとう》。つまり、自分自身との戦いだ。心の中でのね。それこそが、むずかしく、また尊《とうと》いものなんだ」

洞窟《どうくつ》の床《ゆか》の上、子どもたちは、もぞもぞおしりを動かすと、うーんと手足を伸《の》ばした。どうやら長い間、同じ姿勢《しせい》のままでいたようだ。

竜《りゅう》が少し間《ま》をおく。

「それから、それから？　ガウェインは騎士《きし》になったの？」

ザカリーがお話の続きを催促《さいそく》する。

「ならなかった。森にいる間に、すっかり彼《かれ》の考えは変わったんだ。騎士《きし》なんかよりも、ガウエイン、そして彼《かれ》の妻《つま》は〝癒《いや》す者〟、つまりお医者さんになることを選んだ。じっさい、二人はたくさんの人の命を救った」

「ガウェインは、だれと結婚《けっこん》したの？」

サラ・エミリーがたずねる。

「もちろんエレノアだよ。いっしょになるために生まれてきたような二人だったからね。刺《し》繍《しゅう》はまったくだめだったエレノアだけど、なぜか、手術《しゅじゅつ》の腕《うで》は、ぴかいちだったな」

「サー・トリストラムは、どうなったんですか？」

ハナがたずねる。

竜《りゅう》は、愉快《ゆかい》そうに鼻を鳴らした。

「彼《かれ》は十字軍に参加した。二度めの戦闘《せんとう》で捕虜《ほりょ》となり、奴隷《どれい》としてバグダッドに売られてしまった。やがて、売られた先の家の末娘《すえむすめ》セノビアと結婚《けっこん》し、そのまま、その地で行商人となった。二人は四人の娘《むすめ》をさずかった」

「商人？　それって、ちっともロマンチックじゃないじゃない！」

予想外の展開《てんかい》に、サラ・エミリーが口をとがらせる。

「全然『円卓《えんたく》の騎士《きし》』（アーサ王伝説を描《えが》いた物語）のお話っぽくない」

「みじめなサー・トリストラム……かわいそうに」

ハナがつぶやく。

「それはどうかな。十字軍というじっさいの虐殺《ぎゃくさつ》を目《ま》の当たりにしてしまうとね、だれにとったって、戦いなんてものは、かがやかしいものではなくなってしまうものなんだ。たぶん、彼《かれ》もそうだったんだろう。やっと、物事を自分の頭で考え、悩《なや》み、葛藤《かっとう》するようになった。わたしはこう考えるようにしてるんだ。わたしは彼《かれ》と関わり、助けることで、彼《かれ》という人間が正気にもどれるチャンスをあたえたんだってね」

竜《りゅう》は、のどの奥《おく》のほうでころころ笑っているような音を鳴らすと、続けた。

「そうそう、彼《かれ》の四人の娘《むすめ》たち……彼《かれ》は娘《むすめ》たちを溺愛《できあい》していたっけ……それこそ目の中に入れても痛《いた》くないって感じだったなあ」

サラ・エミリーは、しばらく、自分の右のてのひらの真ん中にかがやく、金色の点を見つめていた。

「ガウェインとエレノアの二人も、竜《りゅう》の本当のお友達になったの？」

「もちろんさ」

竜《りゅう》は、急に大まじめな顔になってうなずいた。

「わたしとしても、とても光栄なことだと思っているよ」

「『本当に価値《かち》ある戦い』かあ……」

ザカリーは、神妙《しんみょう》な面持《おもも》ちで考えこんでいる。

その様子を見ていたサラ・エミリーが、とつぜん顔をかがやかせると、言った。

「『価値《かち》』って、きっと命のことだ！　ねえ、そうでしょ、ファフニエル。みんなの命、子どもや患者《かんじゃ》さんたちの命。ガウェインとエレノアは、患者《かんじゃ》さんの命のために戦うことにしたんだ！」

竜《りゅう》の青い瞳《ひとみ》が一瞬《いっしゅん》、明るくかがやいた。竜《りゅう》はあらためて洞窟《どうくつ》の床《ゆか》にくつろぐと、特大のあくびをした。

まだ寝《ね》ないで！　ハナは大あわてで〝ミスター・キング問題〟を口に出す。

「ねえ、ファフニエル。ヨットのJ・P・キングって人のことなんだけど、なんで彼《かれ》が、これほどまでにこの島にこだわるのか、わかる？　あの人、何か見たのかしら？」

竜《りゅう》の身体《からだ》が、ほんのりピンク色に染《そ》まった。

「実は、ちょっとだけ軽率《けいそつ》だったような気もしてるんだ」

ねむそうな声で竜《りゅう》がつぶやく。

「軽い運動とおやつさがしをかねて、ちょこっとだけ洞窟《どうくつ》の外に出てしまったんだよ。今朝早《けさ》くのことなんだけどね」

後悔《こうかい》しているような口ぶりだ。

「彼《かれ》が何者かは知らないけど、彼《かれ》が、何がしかの活動を始める前に……って思って……。ところが彼《かれ》は、すでに外で活動していた。あのでかい船の甲板《かんぱん》の上から、太陽を見上げていたんだ。もっとも、太陽の反射《はんしゃ》で、じっさい自分が何を見たのかよくわからなかったんじゃないかとは思うんだけど……」

「ぼくらは、もしかしたら、見つかっちゃったかもしれないって思ってるんです」

顔をくもらせ、ザカリーが言う。

「あれだけまぶしい反射《はんしゃ》の中だよ。たぶん、はっきりとは見えなかったと思うんだ。このまま何もなければ、きっと、幻《まぼろし》かなんかだと片《かた》づけてくれるさ。島から出てってくれるさ。前にも似《に》たようなことがあったんだよ。人間ってのは、それまで目にしたことのないものは、見なかったことにしてしまいがちな生き物だからね」

「今回も出てってくれるといいんだけど……」

ハナが目をふせる。

「たぶん、だめだろうね……」

ザカリーの表《ひょう》情《じょう》もくもったままだ。

「新聞に書いてあったんだ。J・P・キングは決して何ごともあきらめない人だって。それが、あの人が成功した秘訣《ひけつ》だって」

竜《りゅう》が二度めのあくびをした。青い目がしだいに細くなる。

「J・P・キングねえ……もちろん、ちゃんと考えるつもりだけど……」

しだいに声が小さくなる。

「でも、もうちょっとあとで……昼寝《ひるね》のあと……」

目が完全に閉《と》じられた。

「また来ておくれ……妹が……会いたがっている……」

「おやすみなさい、ファフニエル」

サラ・エミリーがあいさつしたが、返ってきたのはいびきの音だけ。気がつくと、洞窟《どうくつ》の中はすっかり暗くなっていた。

ザカリーが懐中《かいちゅう》電灯をつける。三人は、静かに洞窟《どうくつ》の入り口へと引き返した。春の日差しのもと、子どもたちはパチパチと目をしばたたかせる。海をのぞきこむと、そこには、波にゆれる白いヨットがあった。

「すっごくいい人に見えたのに……」ハナがくやしそうに言う。

「『計算ずくの天才』。みんなそう言ってる」ザカリーが言う。

「嘘《うそ》も天才的ね……」ハナがため息をつく。

「あのツノメドリの話、あやしい感じがしたんだよね」

ヨットをにらみつけ、ザカリーが言う。

サラ・エミリーがつぶやく。

「マヒタベルおばさんからのお返事が来てるといいけど……」

13　思いもよらない提案《ていあん》

マヒタベルおばさんからの便《たよ》りが到着《とうちゃく》した。オレンジ色のインクで書かれた手紙は、傍線《ぼうせん》と感嘆符《かんたんふ》でいっぱいだ。

愛《いと》しい愛《いと》しい子どもたちへ

J・P・キングから手紙を受け取りました。まず彼《かれ》は、ヨットで島の北の海岸線を勝手にうろついていたことを、伝えてきました。そしてわたしに、上陸とドレイクの丘《おか》の探索《たんさく》！を許可《きょか》してほしいと。わたしは返事を書きました。たとえいかなる事情《じじょう》があろうとも、ぜったいに、わたしが招待《しょうたい》した人以外、島への上陸は許《ゆる》しません！と。わたしは、彼《かれ》が二度と無断《むだん》上陸！しないことを祈《いの》ります。彼《かれ》は、とてもかたくなで、我《が》を押《お》し通すことに慣《な》れています。

あなたたちが塔《とう》の部屋で発見した写真（あの写真、すっかり失われしものかと思っていました）に写っている女性《じょせい》は、アンナ・コーニックといいます。わたしをこっぴどくだました人物。そしてわたしがおろかだったせいで、F《エフ》にとって大変な脅威《きょうい》になりかけた人物です。

わたしがアンナと出会ったのは、もう、ずっと前。中国の遺跡《いせき》の考古学《こうこがく》調査《ちょうさ》でのこと。わたしたちは、二人とも、竜《りゅう》のデザインの工芸品に特別の興味《きょうみ》を持っていました。わたしは、ほら、あなた方も知ってのとおり、こんな性格《せいかく》だから、すぐに彼女《かのじょ》と親しくなりました。どれくらい親しくなったかって言うと、彼女《かのじょ》を孤島《ことう》に招《まね》くほど！　十歳《さい》になる彼女《かのじょ》のかしこい息子《むすこ》ヨハン・ピーターといっしょにね。あなた方が見つけた写真は、その訪問時《ほうもんじ》に三人で撮《と》ったものです。致命的《ちめいてき》な失敗だったあの訪問のときに。

同じ興味《きょうみ》を持った相手といっしょで興奮《こうふん》したせいかしら。どうやらわたし、この島の秘密《ひみつ》の住人の存在《そんざい》について、彼女《かのじょ》に気づかせてしまうようなことをしでかしてしまったらしいの。ほどなく彼女《かのじょ》は、深夜になると家をぬけ出て、その痕跡《こんせき》をさがすようになってしまったのよ（そのときからよ。まったくありがたいことに、塔《とう》の部屋の入り口に鍵《かぎ》をかけるようになったのは）！　彼女《かのじょ》と彼女《かのじょ》の息子《むすこ》は、すっかり島の探索《たんさく》にとりつかれてしまった！　やめさせようとは思ったんだけど、あんまり必死になって止めると、かえって彼女《かのじょ》のうたがいを増幅《ぞうふく》させてしまう気がして……。

彼女《かのじょ》は、もしそれが島にいるなら、ぜひとも捕《つか》まえようと言ってきました。有名に、お金持ちになれるからって。わたしは、それなんかいないって反論《はんろん》したわ。それ、つまり秘密《ひみつ》の生き物は、おとぎ話の中だけにいるものだって。そしてわたし自身、わたしが言ったこの嘘《うそ》の言葉を信じこもうと努力しました。Ｆ《エフ》と彼《かれ》の仲間は想像《そうぞう》の産物なんだ。一生けんめいそう思いこんだ。信じこんだのです。そのかいあってか、徐々《じょじょ》に、彼女《かのじょ》もそう思うようになってきてくれたようでした。やっとこさ、彼女《かのじょ》の訪問《ほうもん》がその幕《まく》を閉《と》じようとしていました。わたしも、ほっと胸《むね》をなでおろしていました。

　ところがです。ある日の朝のこと。朝日とともに起き、浜辺《はまべ》へ最後の散歩をしに行っていたヨハン・ピーターが、支離滅裂《しりめつれつ》な興奮《こうふん》とともに家に駆《か》けもどってきたのです。なんでも浜《はま》辺《べ》に痕跡《こんせき》を見つけたとか。彼《かれ》は言いました。浜辺《はまべ》に、それのものとしか考えられない巨大《きょだい》な爪《つめ》の足跡《あしあと》がある、と。きっと海の底の洞窟《どうくつ》から出てきたあとだと。

　彼《かれ》の母親とわたしは、彼《かれ》とともに、その不思議な痕跡《こんせき》とやらをさがしに、浜辺《はまべ》へと向かいました。でも、着いたときには、すでに潮《しお》がその痕跡《こんせき》を消し去ってくれていました。もっとも、もしこのとき、その痕跡《こんせき》とやらが残っていたとしても、ヨハン・ピーター少年は、そのたくましい想像力《そうぞうりょく》で母親を喜ばせようとしただけなんだ、足跡《あしあと》は彼《かれ》のいたずらなのだ、そういう結論《けつろん》になっていたことでしょう。だって、もうそのころ、アンナは、探索《たんさく》なんて時間のむだではないかって思い始めていましたから。

　わたしは、この一連のきつい出来事を教訓にせねばと思いました。「二度と、こんな不用心なまねをしたりしないぞ！」ってね。そして、自分自身をきつく戒《いまし》めるために、あの写真をとっておいたのです。彼女《かのじょ》と息子《むすこ》のヨハンが島から去ったあともね。ああ、あのときは、ほんとに危機一髪《ききいっぱつ》でした。またしばらくうなされそう！

　そっちに行って手助けをしたいのだけど、わたしときたら、折れた足首のせいで、いまだに無力なまま！　お医者さんが言うのよ。歩く練習ができるようになるだけでも、あと最低四週間はかかるって（実は、それがほんとかどうか、ひそかに自分で試してみたの。だけど、どうやらほんとみたい）！

　でも、たとえ、どう物事が展開《てんかい》しようとも、あなたたちなら、F《エフ》を最優先《さいゆうせん》に考え、対応《たいおう》してくれると信じています。よろしくお願いしますね。

マヒタベルより

「やな人！」サラ・エミリーがさけぶ。「そのアンナって人よ。こそこそ、さがしまわったりしてさ」

「ひどいよ！　ファフニエルを捕《つか》まえる気だったなんて」

ザカリーが口をとがらす。

「でも、おばさんの『きつい戒《いまし》め』って、今のわたしたちの助けにはならない。だって、わたしたちがキングさんをここに呼《よ》んだんじゃないもの。彼《かれ》が勝手に来たんだもの」

ハナが肩《かた》を落とす。

「いなくなっちゃってくれるかもよ」

期待をこめて、サラ・エミリーが言う。

「だって、マヒタベルおばさんのお手紙、読んだはずでしょ」

子どもたちは、ハナの部屋のベッドにすわっていた。サラ・エミリーの膝《ひざ》の上では、ネコのバスターが寝《ね》ている。バスターの顔は、ぱんぱん。まるで、笑った顔が描《か》かれた風船のよう。とっても気持ちよさそうだ。

ザカリーは、自分のテープレコーダーと格闘《かくとう》していた。ベンにひったくられ、砂《すな》の上に落ちてからというもの、ちゃんと動いてくれないのだ。中で何かがひっかかっている。再生《さいせい》ボタンを押《お》しても、ハチがブンブン飛んでいるような音がするだけ。モーターが空《から》まわりしているらしい。

「そうね。もしかしたら、もう島から出ていっちゃってくれたかも……ね」

少し明るい表情《ひょうじょう》を取りもどしたハナが言う。

「そうだ。ねえ、ピクニックに行きましょうよ、島の北に。まだヨットがあるかどうか、たしかめるの」

「やーめたっ！」

ザカリーは、たんすの引き出しにテープレコーダーを放りこむと、節《ふし》をつけてさけんだ。

「ピ、ク、ニック！　ピ、ク、ニック！」

またまた、ジョーンズ夫人が、ピクニックに持っていくかごの中身を用意してくれた。またまた、三人の好物ばかりだ。今日のメニューは、かたゆで卵《たまご》、ピクルス、ピーナッツバターとバナナのサンドイッチに、オートミール・クッキーだ。

三人は、元気いっぱい島を横切る。バックパックを背負《せお》ったザカリーが、先頭を行く。そのすぐあとから、ハナとサラ・エミリー。両側からかごをはさんで持ち、二人仲よく歩調を合わせる。ハナは、ハイキングの楽しさを即興《そっきょう》の歌にして口ずさんだ。

「いなくなってくれてるといいな、あの船」

ザカリーがつぶやく。

三人は、小道を右に折れると草原を突《つ》っ切り、ミスター・キングの一団《いちだん》がキャンプしていた浜辺《はまべ》の南側へと向かった。サラ・エミリーが赤ちゃんカバと呼《よ》ぶ、丸い岩が折り重なった難所《なんしょ》をよじのぼって越《こ》え、続く砂丘《さきゅう》をはって進む。砂丘《さきゅう》の頂上《ちょうじょう》は、一面、草と低木でおおわれており、その先は、なだらかな下りが浜辺《はまべ》まで続いている。

テントは、すっかりなくなっていた。しかし、大きな白いヨットは、いぜん沖《おき》に停泊《ていはく》したままだった。

「そんなにかんたんに引きさがるわけないか」

ザカリーが肩《かた》を落とす。

「あきらめない人なんだね。世間の評判《ひょうばん》どおりだ」

「そうかな？　きっとだいじょうぶよ」

ハナは希望をすてていない。

「もうテントはたたんでるじゃない。マヒタベルおばさんの手紙がとどいたから、出ていく準《じゅん》備《び》をしてるのよ。きっと、午後にはいなくなってるって」

「だといいけど……」

サラ・エミリーが言葉をにごす。

ザカリーは懐疑的《かいぎてき》な表情《ひょうじょう》のままだ。

「何はともあれ、まずは腹《はら》ごしらえだね」

子どもたちが、サンドイッチの最後のひとかけらを口に放りこもうとしたときだった。ヨットの上、甲板《かんぱん》の手すりのところに、人影《ひとかげ》があらわれた。人影《ひとかげ》は、ヨットの側面にある鉄製《せい》のはしごをつたい、下におりると、あらかじめそこに用意されていたモーターボートに乗りこんだ。

ブルルルル、ルン、ルン、ルン、ルン。エンジンをかける音があたり一面にひびきわたる。

なだらかな曲線を描《えが》きながら、ボートが海岸へと向かってきた。ボートが近づくにつれ、それを運転している人物が、ほかならぬJ・P・キングその人であることがはっきりしてきた。

ミスター・キングは、声がとどく距離《きょり》まで来るとエンジンを切り、浜辺《はまべ》の子どもたちに向かって片手《かたて》をあげた。

「つかぬことをうかがいますが、わたくしめに、上陸許可《きょか》をいただけませんかな？」

おどけた口ぶりだ。フィットネス・クラブに行く前のお爺《じい》さんのような感じ、とでも言おうか。

子どもたちは、怪訝《けげん》な表情《ひょうじょう》でたがいに顔を見合わせた。

「別にいいけど……」

ハナがつぶやく。

ザカリーは、立ち上がると大きく手をあげ、さけんだ。

「特別に許可《きょか》します。一回だけ」

ミスター・キングは、ボートを陸に着けると砂浜《すなはま》に飛びおりた。軽い身のこなしだ。カーキ色のズボンに青いセーター。前回おばさんの家で会ったときと同じような格好《かっこう》をしている。それに加え、今回は、黒いバイザーのついた白い帽子《ぼうし》をかぶっていた。帽子《ぼうし》には、金色のモールの装飾《そうしょく》がある。

ミスター・キングは、力強い足取りで浜辺《はまべ》を横切ると、子どもたちが休憩《きゅうけい》していた砂場《すなば》のすぐわきの石の上に、腰《こし》をおろした。

「実にすてきな場所ですな」

満面の笑《え》みでミスター・キングが言う。

「おばさまからの手紙、受け取りましたか？」

社交辞令は無視《むし》して、単刀直入《たんとうちょくにゅう》にハナがたずねる。

「受け取ったよ、たしかにね。そして、彼女《かのじょ》の主張《しゅちょう》はよくよく理解《りかい》したつもりだ。だからこそ、部下たちをヨットに引き上げさせた。もし、これで告訴《こくそ》なんてされた日には、たまったもんじゃないからね。とにかく、おばさんから非《ひ》協力的な返事をいただいてしまった以上、ぜひ、君たち三人と現状《げんじょう》についての話し合いを持ちたくてね。おたがい、手の内をさらけ出そうじゃないか。わたしも君たちも、この島の秘密《ひみつ》……」

ミスター・キングは一瞬《いっしゅん》、間《ま》をおく。

「島にかくされたとてつもない秘密《ひみつ》……秘密《ひみつ》の獣《けもの》……その存在《そんざい》について知っている。もちろんおばさんも知っている。もっとも、おばさんは、この秘密《ひみつ》の存在《そんざい》がどれほど大きな意味を持っているか、理解《りかい》されていないようだがね。もういいかげん、けっこうなお年ではないのかな？　ん？」

「おばさまはお年をめされてはいるけど、もうろくなんてしてないわ」

ハナが言い返す。

「それに、おばさまはすべてお見通しよ。もし、そんなとてつもない存在《そんざい》とやらがいるとしたら、どう対処《たいしょ》したらいいかくらい、ご存《ぞん》じですから」

ミスター・キングは、うんうんとうなずいて見せた。

「もちろん、そうだろう。彼女《かのじょ》の強さ、その精神力《せいしんりょく》は称賛《しょうさん》に値《あたい》するよ。でもね、お年寄《としよ》りというのはだね、その……なんて言うか、ときに頑固《がんこ》で融通《ゆうずう》が利《き》かないところがあるものなんだ。それともおばさんは、ご自身の幸運を人と共有したくないとか？　共有。それこそ、今われわれが話していることのテーマではないかね？」

「いったい、なんのこと？」と、サラ・エミリーが割《わ》りこむ。

ミスター・キングは、サラ・エミリーのほうに向きなおると続けた。

「この島にいるあの生き物は、自然界の宝物《たからもの》だよ。おそらく、あの種《しゅ》で地球に残る最後の一ぴきだろう。この驚異《きょうい》の存在《そんざい》については、この星に住むすべての人が知る権利《けんり》を持っているはず。だって、たとえばグランドキャニオン（アメリカのアリゾナ州北西部にある大渓谷《だいけいこく》）。あれをたった一人の人間が秘密《ひみつ》のままかくしておいて、許《ゆる》されると思うかい？　それに、この生き物をきちんと保護《ほご》する責任《せきにん》……。それは、決して、一人の老婦人《ろうふじん》と三人の子どもたちにまかせておいていいような軽い問題じゃない。守るための近代科学や先端技術《せんたんぎじゅつ》を提供《ていきょう》できる人物によってこそ、この生き物は保護《ほご》されなければ」

ミスター・キングは、ひと息いれると後ろをふり返り、岩が重なり合うドレイクの丘《おか》の頂上《ちょうじょう》を見上げる。

「もし、あの生き物が病気にかかってしまったら、どうする？　ちゃんと考えたことあるかい、もし怪我《けが》をしてしまったら、とか？　君たちがここにいないときにそうなる可能性《かのうせい》だって、あるんだよ。しばらくして駆《か》けつけたって、もう手おくれかもしれない」

ハナは、急に心細くなった。大きく息をすいこみ、目を大きく見開く。しかし、口は閉《と》じたままでいた。

「わたしは提案《ていあん》したい」ミスター・キングの声が一段《いちだん》と高くなる。「特別保護区《ほごく》を作ることを。わたしは、この生き物のためだけに広大な土地をささげる用意がある。そこは、完全に安全な場所となるであろう。人々がそれを見学し、それを学べる場所。きっと、数々のすばらしい発見があるだろう。君たちも学校で、絶滅危惧種《ぜつめつきぐしゅ》に関して習ったことと思う。どんな学者に聞いたって、わたしの提案《ていあん》が正しいと言うにちがいない。ねえ、そうだろう？」

ミスター・キングは、自信たっぷりに、子どもたち一人一人の顔を順番に見つめた。

「この驚異《きょうい》の生き物は、最高の待遇《たいぐう》をあたえられるべきなんだ。お金で買える最高の待遇《たいぐう》をね。わたしには、喜んでそれを提供《ていきょう》する意思と力がある。今すぐに返事はいらないよ。ただ、考えておいてくれたまえ。二、三日したら、あらためて返事を聞きに来るから。いいね」

「ちょっと待ってよ」

立ち上がろうとするミスター・キングを、ザカリーが引き止める。

「寛大《かんだい》で気前がいい話に聞こえるけど、ぼくはまだ、あなたを信用できない。これまでのことがあるから。いきなり大勢《おおぜい》で島に押《お》しよせてくるし、勝手にそこらじゅうスパイしてまわるし。そんな人、信用なんてできないよ」

「あのベンって人もひどかったしね。無理やりザカリーの腕《うで》を引っぱって、ザカリーのテープレコーダーこわしちゃうし」

サラ・エミリーが付け加える。

「それはそれは……。たいへん申しわけないことをした」

ミスター・キングの表《ひょう》情《じょう》がくもる。

「このとおり、あやまる。わたしが探索《たんさく》に夢中《むちゅう》になってしまっていたばっかりに……。テープレコーダーの件《けん》については、こちらで責任《せきにん》持って解決《かいけつ》させてもらおう」

そう言うと、ふたたび丘《おか》の頂上《ちょうじょう》を見上げた。

「きっとわれわれは、すべての問題をきちんと解決《かいけつ》できるはず。おたがい文明人らしく、洗練《せんれん》された方法で、公明正大にね。では、よい一日を！」

ミスター・キングは、子どもたちに会釈《えしゃく》をすると、足早に浜辺《はまべ》を横切る。そのまま、ふり返りもせずモーターボートに乗りこむと、エンジンをかけ、猛《もう》スピードで去っていった。バッバッバッバッという、けたたましいエンジン音だけを残して。

子どもたちは、すっかりだまりこんでしまった。そのまましばらく、空《から》のピクニックかごを囲んですわったまま、動けなかった。

ようやく、ザカリーが口を開く。

「これまで、あの人が言ったような考え方なんて、したことなかった。もしかしたら、ぼくたちのほうが自分勝手なのかも……。絶滅危惧種《ぜつめつきぐしゅ》に対して人々がしている努力って、ものすごいもん。カリフォルニアのコンドルやシベリアン・タイガーや北マダラフクロウとかね。ファフニエルも、同じように世界じゅうから支援《しえん》を受ける権利《けんり》があるって思わない？　もしかしたら、そのほうが安全だって思わない？」

「もう安全だもん」

サラ・エミリーが口をとがらせる。

「もう、ここで守られてるもん。マヒタベルおばさんは、わたしたちに、彼《かれ》と洞窟《どうくつ》を秘密《ひみつ》のまま守ることを、まかせたんだもん」

「でも、ファフニエルが病気になっちゃったら、どうする？」

ハナは、明らかに動揺《どうよう》していた。

「そうなったら、わたしたちだけじゃ、どうしてよいかわからないかも。キングさんの言うことにも一理《いちり》ある。わたしたちがここにいない可能性《かのうせい》ってあるもの。最悪、気づかないうちにファフニエルが死んじゃうかもしれない」

「ああ、もう、何が正しいのかわからないや。だって、もしマヒタベルおばさんがまちがってたりしたら？」

ザカリーが頭をかかえる。

少し冷静さを取りもどしたハナが言う。

「まだ二、三日はあるのよね、考える余裕《よゆう》が。キングさんがもどってくるまでの時間が」

「そうだ、このままファフニエルに会いに行きましょうよ。すぐ近くだし」

サラ・エミリーが提案《ていあん》する。

「今からじゃ、帰りがおそくなっちゃうよ。明日、出直そうよ」

今のザカリーは、あまり気が進まない。

「〝彼女《かのじょ》〟だからね」

ハナが確認《かくにん》する。

子どもたちは、竜《りゅう》の洞窟《どうくつ》のすぐ外、眼下《がんか》に海を望む岩棚《いわだな》の上に立っていた。

「まちがえちゃだめだからね。彼女《かのじょ》、男女の区別をごちゃごちゃにされるのを、とってもいやがるんだから。〝彼女《かのじょ》〟よ」

三番めの頭〈最終覚醒《かくせい》〉は、女性《じょせい》だ。子どもたちは去年、そのことを学習した。

三人は、真っ暗な洞窟《どうくつ》に足を踏《ふ》み入れる。ザカリーが懐中電灯《かいちゅう》をともす。とぼとぼと、しかし着実に下へと向かって進む。竜《りゅう》のにおいがする。木の焦《こ》げたような、シナモンのような、強いお香《こう》のようなにおいだ。

とつぜん、懐中《かいちゅう》電灯の光の輪の中で、黄金の鱗《うろこ》がきらめいた。洞窟《どうくつ》の床《ゆか》から重い身体《からだ》を起こす音がする。続いて、シュボッというガス・ストーブをつけたときのような音。竜《りゅう》が炎《ほのお》を吐《は》き出した音だ。洞窟《どうくつ》が、やわらかい光で満たされていく。目の前で、銀色の目がにぶい光を発していた。最終覚醒《かくせい》だ。まちがいない。

竜《りゅう》が、三人の顔をのぞきこむ。子どもたち一人一人の真上に頭を移動《いどう》させながら。まずはサラ・エミリー。次にザカリー。最後にハナ。

「みなさんのご帰還《きかん》、喜ばしく思いましてよ」

格式《かくしき》ばった口調で竜《りゅう》が言う。そして、あらためて一人一人に向かって会釈《えしゃく》した。

「ホッケーは楽しい？　ロケットはどう？　ピアノの練習はうまくいってる？　すてき。若者《わかもの》の成長を目《ま》の当たりにできるっていうのは、最高の喜びだわ」

竜《りゅう》は首を曲げ、頭を低くおろした。銀色の目が、子どもたちの目線と同じ高さになる。やがて、怪訝《けげん》な声で言った。

「何かあったのね」

「そうなの。もう最低、最悪なの」

今にも泣き出しそうな声で、サラ・エミリーが言う。

竜《りゅう》が、眉間《みけん》と鼻先にしわを寄《よ》せる。

「例の、うんざりするほど頑固《がんこ》な船の人物の件《けん》？」

「そうです」ザカリーが答える。「あの人、あなたのこと、知っちゃってるんです。なんか、すべてお見通しって感じで、具体的な提案《ていあん》まで……」

「どんな提案《ていあん》？」

竜《りゅう》が身を乗り出す。

子どもたちは口々に説明した。

「彼《かれ》が言うには、あなたは、あなたの種《しゅ》で最後の生き残りかもしれないって」

「そう、絶滅危惧種《ぜつめつきぐしゅ》だって」

「でもって、世界じゅうがあなたのことを知る権利《けんり》があるって。わたしたちが秘密《ひみつ》のままにしているのは、許《ゆる》されないことだって」

「あなたが病気や怪我《けが》をしたら、どう責任《せきにん》とるのかって。わたしたちだけじゃ、どう助けていいかわからないだろうって」

「だから彼《かれ》は、特別保護区《ほごく》を作るんだって。あなたのためだけの保護区《ほごく》を。あなたがしっかりとめんどうを見てもらえるところ。永遠《えいえん》に安全なところを」

ザカリーが話をまとめた。

竜《りゅう》は、身じろぎひとつせず、おとなしく聞いていた。まぶたをゆっくり上下させながら。そして、子どもたちが話し終えると、一言「なるほど」と言った。

沈黙《ちんもく》がおとずれた。

とつぜん、サラ・エミリーが前に走り出し、竜《りゅう》の足に両腕《うで》をまわすと、ほっぺたを金色の鱗《うろこ》に押《お》しつけた。

「どうしていいのか、わからないの。何が正しくて何が正しくないか、わからなくなっちゃったの。もう、頭の中、ぐちゃぐちゃなの」

目には涙《なみだ》があふれている。

「ねえ、お話を聞かせてあげるってのがいいと思うの。こんなときだからこそね」

やさしくサラ・エミリーの髪《かみ》の毛をとかしながら、竜《りゅう》がささやく。

「でも、ファフニエル……」

ザカリーが口をはさもうとしたが、竜《りゅう》は金色の爪《つめ》を一本上げ、それを制《せい》した。

「保護区《ほごく》とやらの件《けん》は、あとで、あらためてお話ししましょう。でも、まずは、こっちをお聞きなさいな」

子どもたちは、洞窟《どうくつ》のあたたかい床《ゆか》の上に腰《こし》をおろした。ザカリーは、あぐらをかいてすわる。ハナとサラ・エミリーは、竜《りゅう》の黄金のしっぽに背中《せなか》をあずけた。

竜《りゅう》が語り出すにつれ、洞窟《どうくつ》の壁《かべ》がぼんやりと、透《す》きとおっていく。子どもたちは、ほほにあたたかい風を感じた。おだやかな笑い声が聞こえる。スイカズラとクチナシの花の香《かお》りがする。

ふたたび子どもたちは、だれかの目を通して見る、別の時空にいた。

14 銀目の竜《りゅう》の物語（1）――サリー

「サリーは、奴隷《どれい》の子として生まれたの」

竜《りゅう》は語る。

「彼女《かのじょ》のひいひいおじいさまが、アフリカから北アメリカまで、無理やり連れてこられたの。奴隷船《どれいせん》にくさりでつながれてね。サリーの肌《はだ》は、ココアのような濃《こ》い茶色だった。瞳《ひとみ》は明るい茶色ね。黒い巻《ま》き毛を更紗《さらさ》でまとめ、お下げにしていたっけ……」

サリーは、アラバマ州（アメリカ合衆国《がっしゅうこく》南部の州）にある綿花《めんか》農園の大きなお屋敷《やしき》の裏手《うらて》にある、みすぼらしい丸太小屋に住んでいた。両親、それから弟のジャミーといっしょに。まだ、南北戦争（アメリカ合衆国《がっしゅうこく》でおこった内戦。奴隷制存続《どれいせいそんぞく》を主張《しゅちょう》する南部と、それに反対する北部との戦い）が始まる前のことだ。

サリーの母親は、お屋敷《やしき》の食堂で働いていた。父親は農園の鍛冶屋《かじや》で、鉄のかたまりから、それこそなんでも作り出した。蹄鉄《ていてつ》、ちょうつがい、スコップ、くぎ、そして鉄柵《てっさく》さえも。大きなお屋敷《やしき》には、ハリエットという名の白人の子どもが住んでいた。ちょうどサリーと同い年の女の子だ。けれど、ハリエットの人生は、サリーのそれとはずいぶん異《こと》なるものだった。まず、着ているものからしてちがっていた。メリノ種の羊からとれる最高級のウールで作られたドレス。絹製《きぬせい》の長い帯。刺繍《ししゅう》入りのパンタロン。スリッパまでもが絹製《きぬせい》だ。

また、ハリエットには、ミス・ウェザースプーンという専属《せんぞく》の家庭教師《きょうし》がついていた。ハリエットは、彼女《かのじょ》から、地理、算数、フランス語、ハープの演奏《えんそう》を習っていた。もっとも、ハリエットはこれら課外授業《じゅぎょう》に対し、不平不満ばかり言っていたが。

それを耳にするたび、サリーはずるいと思った。「わたしは学校にさえ行けないのに……。学校に行けさえするなら、なんでもするのに……」。サリーは、字が読めるようになりたかった。

ハリエットはハリエットで、なんでサリーが自分の課外授業《じゅぎょう》のことで不機嫌《ふきげん》になるのか、まったく理解《りかい》できなかった。身分による差別は、あってあたりまえ。そういうものなんだと、多くの人が納得《なっとく》していた時代だったのだ。

ハリエットの父親は、よい雇《やと》い主、よい主人だった。サリーたち奴隷《どれい》にも、十分な食べ物と住居《じゅうきょ》を分けあたえ、クリスマスにはパーティーまで許《ゆる》していた。それでもサリーは、こう考えていた。「ハリエットに、本物の奴隷《どれい》の気持ちなんて、わかりっこない」と。二人のいちばん大きなちがい、それは自由の有無《うむ》だ。ハリエットは自由だ。ましてや、だれも彼女《かのじょ》を、彼女《かのじょ》の両親から引きはなして売っぱらったりはできない……。

その日、丸太小屋の前の小さな庭には、太陽の光がさんさんとふりそそいでいた。にもかかわらず、サリーは寒気《さむけ》を感じていた。腕《うで》には鳥肌《とりはだ》が立っている。おそろしかった。奴隷《どれい》の間で、あるうわさが飛び交っていたのだ。

うわさの出所は、ハリエットの母親つきの女中、マーサ・ジェーン。マーサは地獄耳《じごくみみ》だ。常《つね》にお屋敷《やしき》内のことすべてを、完璧《かんぺき》に把握《はあく》していた。そのマーサによると、ハリエットの父親が、ギャンブルで多額《たがく》の負債《ふさい》をこしらえてしまったらしい。何千ドル分も負けたのに、はらえるあてがまったくない。よって、手持ちの奴隷《どれい》を何人か売らなくてはならない。どうやら、そういうことらしい。

「だれだろう？　売られちゃうのは……」

サリーは、自分の父親が年期の入った優秀《ゆうしゅう》な鍛冶屋《かじや》で、もっとも高く売れることを知っていた。サリーの母親はすっかり気が動転し、一日じゅう涙《なみだ》が止まらない。夜、両親は、サリーとジャミーが寝静《ねしず》まるのを待って、ひそひそ話を始めた。しかし、サリーは寝《ね》ていなかった。

つぎはぎだらけの掛《か》け布団《ぶとん》の下、ちぢこまり、あたかも寝《ね》ているかのように息を一定に保《たも》ちながら、必死に耳をそばだてた。

父親は、北の果てにあるという〝自由の地〟について熱っぽく語っていた。そして、そこまでたどりつく方法についても。なんでも〝地下鉄道（奴隷《どれい》たちを安全な場所へと逃《に》がす闇《やみ》の組織《そしき》）〟が、秘密《ひみつ》の逃《に》げ道や隠《かく》れ家を用意してくれているはずだというのだ。母親は、逃亡者《とうぼうしゃ》を追いかけるブラッドハウンド（嗅覚《きゅうかく》がするどい犬種）や、脱走奴隷専門《だっそうどれいせんもん》の追跡者《ついせきしゃ》のこと、そして捕《つか》まったあとの鞭《む》打《ち》ちの刑《けい》を心配《ぅ》していた。

サリーは理解《りかい》した。両親が脱走《だっそう》の計画をくわだてていることを。そしてそれが、決死の覚悟《かくご》であることも。

「サリーや！」

サリーを呼《よ》ぶ声は、お屋敷《やしき》のテラスのほうから聞こえてくる。

「サリーったら！」

呼《よ》んでいるのはエリザだ。エリザは、ハリエットの母親がまだ小さい時分から、身のまわりの世話をしてきた奴隷《どれい》だ。ハリエットとその弟たちも、赤んぼうのころから、彼女《かのじょ》に世話をされてきた。

「まったく、どこにいるんだい。おじょうさまがお呼《よ》びだよ！」
サリーは思った。ハリエットが呼《よ》んでいるってことは、きっと、わたしに髪《かみ》を編《あ》んでほしいんだ。それか、お人形さんの着がえをさせたいか、やぶれたガウンを繕《つくろ》ってほしいんだ。今はどれもいや。とてもお屋敷《やしき》に行けるような気分じゃない。エリザがわたしを見つけられなかったことにすればいいや。

サリーは、すばやく小屋の裏手《うらて》へとまわりこむ。山積みの丸太の間をしのび足でぬけると、トウモロコシと豆の木が立ちならぶ、背《せ》の高い畑の真ん中を突《つ》っ切り、森の中へと逃《に》げこんだ。そして、もう一歩も動けなくなるまで走り続けた。

どれくらい走っただろう。サリーは、たおれている木の幹《みき》に腰《こし》をおろすと、わっと泣き出した。彼女《かのじょ》は腹《はら》が立っていた。彼女《かのじょ》は心細かった。彼女《かのじょ》はこわかった。

脱走《だっそう》したら、わたしたち家族はどうなってしまうのだろう？　それは家をすて、友達もすてるってことだ。この農園が、サリーの知っている世界のすべて。脱走《だっそう》は、その世界全部をすてるってことだ。でも、残ってどうする？　父親は売られてしまうだろう。母親だって売られちゃうかもしれない。ジャミーと二人っきり、取り残されてしまうだろう。いや、ジャミーさえ売られちゃうかも……。六歳《さい》とはいえ、強く健康な男の子だもの。エプロンで涙《なみだ》をぬぐう。この世界、全部がきらい。そんな気持ちになっていた。

ふとまわりを見わたしたサリーは、自分が迷子《まいご》になっているらしいことに気がついた。見覚えのあるものは何ひとつなく、見わたすかぎり、道らしきものもなかった。どうしたものかと、とほうに暮《く》れつつも、サリーはゆっくりと歩き出した。あてもないままに。

進むにつれ、木々の間隔《かんかく》がせばまり、森が濃《こ》くなってくる。一本一本の木の幹《みき》が太くなり、藪《やぶ》の厚《あつ》みも増《ま》してきた。イバラが裸足《はだし》に刺《さ》さり、エプロンや赤い更紗《さらさ》の服を引きさく。

しばらく行くと、岩が山のように折り重なったところに出た。「ちょっとした丘《おか》ね」。サリーは思った。てっぺんまで行けば、あたりが見わたせるかも。そうすれば、今どこにいるかわかるかもしれない。彼女《かのじょ》は、日光であたためられた岩をよじのぼり始めた。

頂上《ちょうじょう》まで半分のところまで来たとき、ふと顔をあげ、上を見上げた彼女《かのじょ》は、そのまま、ぴたっと動きを止めた。あまりの恐怖《きょうふ》に、その場で固まってしまったのだ。大きく目を見開いたまま、じっと一点を見つめる。

丘《おか》の中腹《ちゅうふく》、洞窟《どうくつ》がぱっくり口を開けている。その入り口で日光浴をしている生き物がいる。それは、サリーがこれまで見たこともない生き物だった。

バカでかく、金ぴかの生き物だ。全身、光りかがやく鱗《うろこ》におおわれている。矢じりのように先がとがった、長いしっぽがある。クモの巣状《じょう》に筋《すじ》が走る、なめらかな翼《つばさ》も見える。そして何よりびっくりなのが、三つの長い首だ。そのうち二つはくるっと巻《ま》かれ、先端《せんたん》の頭は両肩《かた》にもたれかかっている。三つめの首は、胴体《どうたい》からまっすぐ前に延《の》びている。

サリーが見つめる中、その三つめの首の頭がゆっくり目を開く。にぶい光を放つ、銀色の目だ。サリーは思った。お屋敷《やしき》の客間にあるお茶セットと同じ色だ。ハリエットのお母さんがお客を呼《よ》ぼうかって思うたびにみがかなくてはならない、お茶セットと同じ色。

銀色の目が、まっすぐサリーのことを見つめている。

しばらくは、死ぬほどこわかった。でも、心臓《しんぞう》のドキドキはしだいにおさまり、サリーは落ち着きを取りもどした。「別にどうだっていいもんね」。彼女《かのじょ》は思った。「どっちみち、お先真っ暗だもん。怪物《かいぶつ》に食べられたっていっしょだもん」。

「食べやしないわよ」

憤慨《ふんがい》したような口調で、それが言った。おどろいたことに、その生き物は、サリーが心の中で思っただけのことに対し、返答してきた。

「子どもを食べるなんてね。それも、鼻をすすってる、ちっちゃい女の子を」

サリーはかちんときた。「鼻すすってなんてないもん」と、かみつく。

「いいえ、すすってました。聞こえたもの」

生き物は金色の首をもたげ、サリーをにらみつけた。

サリーも、にらみかえす。

サリーの憤《いきどお》りはすぐにおさまった。好奇心《こうきしん》のほうがまさったのだ。

「あなた、いったい何者？　あなたみたいなの、見たことない」

生き物は、金ぴかの爪《つめ》十本をひらひら、波のように動かした。

「わたしは竜《りゅう》よ。より正確《せいかく》には、三つ又《また》の竜《りゅう》ね。三つ又《また》っていうのは、三つに分かれたって意味よ。この寝《ね》ているのが、わたしの兄さんたち。わたしはごらんのとおり、大人《おとな》の女性《じょせい》よ。で、あなたは、どこのどちらさん？」

「わたしはサリー。農園に住んでるの。あっちの……」

サリーは、反射的《はんしゃてき》に農園の方角を指ししめそうとしたが、あきらめて手をおろした。

「どっちだかわからない……。わたし、迷子《まいご》になっちゃったみたいなの」

「いったいどうやったら広い森の、よりにもよって、この空間に迷《まよ》いこめるのかしらね。ちょっと前までは、わたしだけの、とっても私的《してき》な空間だったここに」

少しいやみったらしく、竜《りゅう》が言う。

サリーが、わっと泣きだした。本日二度めだ。膝《ひざ》の間に頭をうずめ、鼻をすする。

頭の真上で声がする。竜《りゅう》の声だ。

「どうか泣かないで。さっき言ったこと、あやまるから。ねえ、お願い、子どもさん。いいえ、おじょうさん。何か、わたしにできることはない？」

竜《りゅう》の腕《うで》が伸《の》び、金色の爪《つめ》がやさしくサリーの髪《かみ》の毛をかきあげる。

サリーは反射的《はんしゃてき》に首を横にふる。

「ないもん。だれにも、どうにもできないもん」

しかし、顔を上げ、あらためてよく見ると、竜《りゅう》は、真剣《しんけん》な表 情《ひょうじょう》でサリーを見つめ、きちんと話を聞く体勢《たいせい》すらとっている。サリーは、すべてを竜《りゅう》に打ち明けることにした。ハリエットのこと。お屋敷《やしき》のこと。ハリエットのお父さんがギャンブルをして借金をこしらえたこと。奴《ど》隷《れい》売買のこと。読み書きを習いたいこと。自由になりたいこと。両親の逃亡《とうぼう》計画のこと。追跡《ついせき》者《しゃ》と鞭《むち》打《う》ちの刑《けい》のこと。それを聞いてどれだけおそろしかったかということ。

サリーの口から、とぎれることなく、次から次へと言葉があふれ出す。話しながらサリーは思った。これまで、だれも、こんなふうに自分の言葉に耳をかたむけてくれはしなかった……。

サリーの話が終わった。

竜《りゅう》は、大きくため息をつくと、首を旋回《せんかい》させ、森の彼方《かなた》を見つめる。

「まったく言語道断《ごんごどうだん》な慣習《かんしゅう》だわね、奴隷《どれい》っていうのは。野蛮《やばん》で、忌《い》まわしい。実にみにくい制度《せいど》だわ。でもね、おじょうさん、結局、最後には正義《せいぎ》が勝つわよ」

励《はげ》ますような口調で竜《りゅう》が言う。

「人間ってやつは、理解《りかい》しがたいところもあるけど、それなりに学ぶことができる生き物でもあるの。予言するわ。今から一世紀以内に……」

次の単語《たんご》は口にするのさえいやだとばかりに、竜《りゅう》が苦虫《にがむし》をかみつぶしたような表《ひょう》情《じょう》になる。

「〝奴隷制《どれいせい》〟は過去《かこ》のものになっているってね」

「一世紀？」サリーがたずねる。

「百年ってことよ」竜《りゅう》が答える。

「百年も？　百年間、なんにもよくならないの？」ふたたび涙《なみだ》があふれる。

「うんと、ええと、いや、もっと早まるかもしれなくてよ。政治《せいじ》と経済《けいざい》の情勢《じょうせい》によってはね」

サリーはエプロンで涙《なみだ》をぬぐう。

「でも、わたしたち、そんなに待てない。わたしもわたしの家族も。今すぐ助けがほしい」

竜《りゅう》は首をはげしくふった。どうやら、自分自身に腹《はら》を立てているようだ。

「まったく、わたしとしたことが。あなたたちの種《しゅ》の個体《こたい》が短命だってことを、うっかりわすれていたわ。もちろんよ。もちろん、あなたにはもっと迅速《じんそく》な解決策《かいけつさく》が必要だわ。あなたの両親は正しい。あなた方はすぐに逃《に》げなきゃ」

竜《りゅう》は、しばらく物思いにふけっているようだった。

「新たな試みってのは、大変なことよね」

竜《りゅう》が口を開く。

「慣《な》れ親しんだものをすて、未知のものに挑戦《ちょうせん》するってのは、本当に大変なことよ。たくさんの勇気が必要だもの。いろんな葛藤《かっとう》もあるでしょう。でもね、それって、戦うだけの価値《かち》があるものだと思うの。毛虫のことを考えてごらんなさい」

「毛虫？」

サリーはびっくりした。

「毛虫は毛虫で終わらないでしょ」

竜《りゅう》は言う。

「毛虫はさなぎになり、やがてチョウとなる。決して生やさしいことじゃないと思うのよ、毛虫が住みなれた地面をはなれるのって。はって、ただただ葉っぱをついばんでさえいればよかった世界をはなれるのはね。でも、時が来ると、彼《かれ》らは見事な翼《つばさ》で飛翔《ひしょう》する。あなたもそうなるの。きっとね」

竜《りゅう》はあらたまると言った。

「手を前に差し出すがよい」

サリーは、首をひねりながらも手を前に差し出した。竜《りゅう》は、前脚《あし》を持ち上げると前かがみになり、金色の爪《つめ》の先で、すばやくサリーのてのひらを刺《さ》した。サリーは一瞬《いっしゅん》、痛《いた》みを感じたが、すぐにそれは、あたたかくやさしい感覚へと変わった。てのひらの真ん中に、金色に光る点がある。

「それは、竜《りゅう》の友達だって印よ」

竜《りゅう》がおだやかに言う。

「すべての竜《りゅう》は、その印であなたを知り、必要なときには必ずあなたを助けることでしょう」

畏敬《いけい》の念にかられたサリーは、金色の印にそっと指でふれると、つぶやいた。

「ありがとう……」

森の一点を竜《りゅう》が指さす。

「この方向にお行きなさい。あなたのお家《うち》……というか、あなたのだらしない雇《やと》い主の屋敷《やしき》が、まっすぐ行った先にあるから」

サリーがゆっくり歩き出す。

その後ろ姿《すがた》に、竜《りゅう》が言葉を投げかける。

「幸運を祈《いの》ってるから。勇気を持ってね。そして、チョウのお話をわすれないで」

15　銀目の竜《りゅう》の物語（2）――逃亡《とうぼう》

サリーが小屋にもどると、両親と弟が、そまつな木製《せい》テーブルを囲んですわっていた。みな気が動転しており、とても夕食どころではないといった様子だ。

「ああ、もう、どこ行ってたんだい、サリー？」

サリーがとびらを開けるやいなや、母親が問いつめてきた。

「お屋敷総出《やしきそうで》で、おまえをさがしていたんだよ。それも午前中ずっと。ハリエットおじょうさまは、それはもう、かんかんだって。エリザがそう言ってる」

サリーは、長椅子《ながいす》のジャミーのとなりに腰《こし》かけると、トウモロコシの粉で作ったパンに手を伸《の》ばし、がぶりと食いついた。

「どこだっていいでしょ」

サリーが言う。

「それに、もうハリエットの言うことなんて聞く気ないもん」

母親の顔がくもる。そして「サリーや」と、やさしい声でわが子を諭《さと》そうとする。

サリーは、その声をふりほどくようにいきおいよく長椅子《ながいす》から立ち上がると、とびらへと向かった。とびらから首を出し、立ち聞きされていないかを確認《かくにん》する。外には、だれもいなかった。

彼女《かのじょ》はテーブルにもどると、ふたたび腰《こし》をおろした。

「パパ、ママ、教えて。わたしたち、ここから逃《に》げるの？」

サリーの両親は、だまりこんでしまった。しばらくの間、二人はたがいに見つめ合っていた。

父親が母親の腰《こし》に手をまわし、やさしく抱《だ》きよせる。

「そうだ。ほかにもう、どうしようもないからね」

そう言うと、父親は、悲しげな笑顔《えがお》を作ってみせた。

「おまえも知ってのとおり、わしはご主人さまの財産《ざいさん》、持ち物だ。だから、このままいくと、ポーカーの借金の一部として、遠くへ売っぱらわれちまう」

母親が、父親の腕《うで》にそっと手を寄《よ》せる。

「明日の夜、発《た》つの。暗くなったらすぐにね。あなたたちには、ぎりぎりまでかくしておこうと思っていたの。重すぎる話だからね。危険《きけん》な賭《か》けだし。でも、このまま何もしないでここにいるより、まし。これは、やる価値《かち》があることなの」

母親の顔を見つめていた父親が、子どもたちのほうに向きなおる。

「だれにも言ってはいけないよ。一言もだめ。たとえ親友が相手でもだ。アマンダにも秘密《ひみつ》だよ、サリー。ジャミー、サミュエルに言っちゃだめだよ。とくにマーサ・ジェーン。彼女《かのじょ》にはぜったい秘密《ひみつ》だ」

母親がそのわけを説明した。

「わたしたちがいなくなったら、農園じゅう大さわぎになるでしょ？　そのとき、わたしたちの計画を知らなければ知らないほど、お友達は安全なの」

次の日、サリーは一日、お屋敷《やしき》で働いた。まったくいつもと同じように。

「昨日《きのう》はどこ行ってたのよ？」

腹《はら》の虫がおさまらないハリエットが、サリーを問いつめる。

「ったく、使えない子ね。わたしの言うこと聞かなきゃいけないはずでしょ？　鞭打《むちう》ちにしたっていいのよ。言うこと聞けないんなら」

「わかっております、ハリエットおじょうさま」

サリーは、じっとこらえてこう言うと、ハリエットがハープの練習をしている間じゅう、扇《おうぎ》で彼女《かのじょ》をあおぎ続けた。練習が終わると、ハリエットのベッドをととのえ、寝室《しんしつ》をはたきがけし、やぶれたピンクのドレスのへりを繕《つくろ》った。とちゅう、ドレスをぎゅっと抱《だ》きしめると、心の中でさけんだ。「もう二度と、このお屋敷《やしき》なんかで働かないぞ！」。そして残りの仕事の間じゅう、夜までの残り時間を指折り数え続けた。

夕飯のため下の階に行くハリエットの着がえを手伝いながら、サリーは、心の中で最後の別れを告げる。「これっきりね。もうあなたと会うこともないわ」。

サリーは、お屋敷《やしき》の裏門《うらもん》を力いっぱい、たたきつけるようにして閉《し》めた。

「ほんとにもう、最後だもん、ねっ！」

小屋への帰り道、この台詞《せりふ》が歌のさびの部分のように、頭の中で何回もくりかえされた。

「もう最後だもん、ったら最後だもん。最後だもん、ったら最後だもん」。

小屋にもどったサリーは、家族といっしょに荷造《にづく》りをする。長い旅に出るというのに、あまりにわずかすぎる荷物だった。主人の持ち物である奴隷《どれい》に、自分の財産《ざいさん》はない。奴隷《どれい》の持ち物すべてが主人の財産《ざいさん》だ。

鍛冶《かじ》道具一式をまとめながら、父親が自嘲《じちょう》気味に言う。

「これっぽっち。たったこれっぽっちしか、いただいていけるものがない」

わずかばかりの衣類。サリーの母親が卵《たまご》を売ってかせいだ小銭《こぜに》が数まい。冷たいトウモロコシのパン。それから、木のビーズで作られたブレスレット。

「このブレスレットは、おまえのひいひいおじいさんから代々受けついできたものだ」

父親が説明する。

「ご先祖《せんぞ》さまが、はるかアフリカの地から持ってこられたものなんだよ」

じきにあたりは暗くなり、奴隷《どれい》の集落は静寂《せいじゃく》に包まれた。

「物音ひとつ、立てちゃあだめだ」

サリーの父親がささやく。

「とくにジャミー。たとえ爪先《つまさき》をぶつけて飛び上がるほど痛《いた》くても、うめき声ひとつ、もらしちゃだめ。その声で気づかれ、連れもどされた日にゃ、大変なことになる。こっぴどくこらしめられ、鞭打《むちう》ちされちゃうぞ。それだけじゃない。みんなばらばらに売られ、二度と会えなくなっちゃうんだから」

ジャミーの目は、恐怖《きょうふ》でまん丸だ。

「ぼく、静かにしてる」

しぼりだすような声でジャミーが言う。サリーもうなずく。

一家は、そっととびらをぬけ出ると、小屋の裏手《うらて》へとまわりこむ。花壇《かだん》をぬけ、森に入ると、一昨日サリーが来たのと同じ道に出た。

父親が空を指さして言う。

「あっちが、われわれが進むべき方角、北だ。あの〝ひしゃく〟がわかるかい？」

「どれ？」

ジャミーがささやく。

「七つならんだあの星だよ。あれ、ひしゃくの形に見えないかい？　あそこが柄《え》の部分で、こっちがコップの部分。あの星座《せいざ》が正面に見えてるかぎり、われわれは正しい方角に向かってるってことなんだ」

「ねえ、急ぎましょう」

母親がせかす。

「夜明けまでに、できるだけ遠くへ行かないと……」


この日から、毎晩《まいばん》、夜の闇《やみ》にまぎれて一家は進んだ。できるかぎり小川の中を。時には、胸《むね》までしずむ深い沼地《ぬまち》の中を。気丈《きじょう》なサリーも、この沼地《ぬまち》には閉口《へいこう》した。べとつく沼《ぬま》の底が、ほんとに気持ち悪い感触《かんしょく》だった。

「がまんしておくれ。でも、これが最善《さいぜん》の策《さく》なんだよ」

父親が説明する。

「たいていの奴隷捕獲人《どれいほかくにん》たちは、奴隷《どれい》の追跡《ついせき》に犬を使う。人のにおいをたどるよう特別に訓練された犬たちだ。でも、水の中を行けば、犬たちもにおいをたどれないからね」

一家は常《つね》に腹《はら》ぺこだった。食事といっても、たまに木の実や野イチゴを口にする程度《ていど》。父親が魚を捕《つか》まえることもあった。でも、これは緊急《きんきゅう》のときだけ。調理のために火をたくこと自体、大変な危険《きけん》をともなう行為《こうい》なのだ。

家族は、日中《にっちゅう》、藪《やぶ》や洞穴《ほらあな》にかくれてねむった。運よく、屋根が半分くずれ落ちた廃屋《はいおく》で寝《ね》られることもあった。かつてだれかが開拓《かいたく》を夢《ゆめ》見たその跡《あと》で。

ある日、サリーの父親が言った。

「もう、あと少しのところまで来ているはずだよ」

これ以上歩きたくないと、ジャミーが、だだをこねたときのことだ。

「そんなに遠いはずがないんだ。だって〝大きな川〟のすぐ近くまで来てるんだからね。ここはもうオハイオ（アメリカ合衆国《がっしゅうこく》北東部の州）だ。そして〝大きな川〟の向こう側こそ〝自由の地〟。向こう岸にさえわたれれば、自由の身なんだよ」

しかし次の夜、一家を悲劇《ひげき》がおそった。家族は、月明かりだけをたよりに、森の小道をたてし一列になって進んでいた。木立《こだち》をぬける風の音以外、何も聞こえない、静かな夜だった。と、とつぜん、遠くのほうで犬がほえる声がした。それも、一ぴきだけじゃない。

サリーの母親が、後ろをふり返る。

「エイモス！　今の何？」

「早く。急いで。このあたりには、かくれる場所なんてなさそうだ」

最後尾《さいこうび》の父親が、みんなのしりをたたく。

一家は走った。つまずき、よろけながらも精《せい》いっぱいの速さで。

サリーの心臓《しんぞう》の鼓動《こどう》がはげしくなる。「あと、ほんのちょっとなのに……。こんな近くまで来て捕《つか》まるなんて……」。

犬のほえる声がどんどん近くなる。いっしょに、蹄《ひづめ》の音や馬具がじゃらじゃら鳴る音まで聞こえてきた。

「野郎《やろう》ども、犬が何やらかぎつけたみたいだぜ！」男の野太い声がひびく。「逃亡者《とうぼうしゃ》にちげえねえ！」

急に森が開け、目の前に草原が広がった。草原のはるか向こうに、黒光りする水面が見える。

「きっとあれが〝大きな川〟だ」。サリーは思った。

「ぬかるなよ！」野太い声がさけぶ。「もう捕《つか》まえたも同然だ！」

犬がうなる。

サリーの母親がよろめき、転倒《てんとう》した。立ち上がろうとした顔が苦痛《くつう》でゆがむ。

「エイモス、足首が……」

母親があえぐ。サリーの父親は、鍛冶《かじ》道具一式をサリーに手わたすと、両手で母親を抱《だ》き上げる。

「無理よ、エイモス。とてもたどりつけやしないわ」

「走れ！」父親がさけぶ。「サリー！　ジャミー！　走るんだ！」

「お願い……」。サリーは心の中で祈《いの》った。「どうか、わたしたちに川をわたらせて。お願いだから」。

すると、不思議なことが起こった。少し前までは月と星しかなかった彼《かれ》らの頭上に、とつぜん、まばゆい金色のかがやきが出現《しゅつげん》したのだ。

「おお、神よ……」

思わず父親がつぶやく。

それは神ではなく、竜《りゅう》だった。金色の長い首をまっすぐ伸《の》ばし、黄金の翼《つばさ》をいっぱいに広げ、目の前の空中に十字の姿《すがた》で静止している。あまりにおそろしいその姿《すがた》に、母親は父親のシャツに顔をうずめ、ジャミーはわっと泣き出した。

サリーはあわてて家族の前に出ると、竜《りゅう》を背《せ》に言った。

「だいじょうぶ。これは竜《りゅう》さんよ。わたし、彼女《かのじょ》とお友達なの。農園から逃《に》げる前に森で会ってるの。ちゃんと前もって話しておけばよかったんだけど……。彼女《かのじょ》は、わたしたちを傷《きず》つけたりしない。きっと助けに来てくれたんだわ」

「もしかしたら、もしかするかもしれない」

父親がつぶやく。

一家の背後《はいご》から聞こえてくる犬の声が、またいちだんと大きくなった。

竜《りゅう》が空高く舞《ま》い上がる。ヒュー。息を深々とすいこむ音がしたかと思うと、次の瞬間《しゅんかん》、轟《ごう》音《おん》とともに、いきおいよく炎《ほのお》が吐《は》き出された。

あたりが一気に明るくなった。ほとばしる青白い炎《ほのお》。夜の空に竜《りゅう》の姿《すがた》がうかび上がる。太陽のようなそのかがやきが、まぶしい。

森のはしの茂《しげ》みが燃《も》え始めた。そこを出発点に、ものすごいいきおいで火が草むらを走る。藪《やぶ》が切りさかれ、またたく間《ま》に火の壁《かべ》となる。炎《ほのお》が、両親と弟の顔を真っ赤に染《そ》めている。あまりのことに、ジャミーは泣くのをわすれていた。

一家と追跡者《ついせきしゃ》の間に、高い高い炎《ほのお》の壁《かべ》が出来上がった。あまりに予想外の出来事に、ただただわめきちらす声が、壁《かべ》の向こう側から聞こえてくる。キャンキャンおびえる犬の声とともに。

周囲で熱風がうずまいたかと思った次の瞬間《しゅんかん》、家族の目の前の草原に、竜《りゅう》がおり立った。

竜《りゅう》はかしこまると、一礼した。

サリーの父親が一歩前に出る。

「あなた殿《どの》には、お礼の言葉もございませんです」

あわてて、サリーが小声で訂正《ていせい》する。

「ちがう、〝さま〟よ」

「あなた〝さま〟には、です」

父親は言いなおした。

「あなたさまは、わたしたち家族の命の恩人《おんじん》……いや、命だけじゃねえ。あなたさまは、わたしたちに自由までおあたえくださった」

竜《りゅう》は、もどかしそうに首を横にふる。

「いえいえ、あなたたちは取りもどしただけですよ、自由を。だって、本来そうじゃなきゃ、おかしいんですから」

竜《りゅう》は、金色の爪《つめ》で川岸を指さした。

「あの木立《こだち》のかげに、ボートがあります。オールもついてるわ。あれ、向こう岸に住んでる農夫が、わざとあそこに置いてるものなの。脱走《だっそう》してきた奴隷《どれい》が使えるようにね。ほら、ここからも、彼《かれ》の家の明かりが見えるでしょう? 彼《かれ》、〝地下鉄道〟の首謀者《しゅぼうしゃ》なのよ。きっと、あなたたち家族の力になってくれるわ」

家族は、黄金の竜《りゅう》につきそわれ、草原をゆっくり川のほうに向かって歩き出した。川から、すずしく新鮮《しんせん》な風が吹《ふ》いてくる。風は、あまい草の香《かお》りがした。

父親は、その香《かお》りを胸《むね》いっぱいにすいこむ。

「かいでごらん、ほら。自由の香《かお》りだ」

とつぜん母親が、くすくす小さな笑い声をあげた。

「たった今気づいたんだけど、わたしたちって名字《みょうじ》すらないのよね。ご主人さまの持ち物って意味で、ご主人さまの名をつけて呼《よ》ばれてはいたけど。でも、あの呼《よ》ばれ方はもうごめんだわ」

サリーが目をかがやかす。

「じゃあ、自分で好きな名字《みょうじ》をつけていいの？」

ふいに、竜《りゅう》が草の上で立ち止まる。金色の首を高くもたげ、暗い川の向こう側に視線《しせん》を向けたまま、大まじめな顔で言った。

「ええと、その名字《みょうじ》の件《けん》ですけど。もしさしつかえなければ、わたくしのを使ってくださってもよくてよ」

16　辞書の中の発見

竜《りゅう》は、しばらくそのまま口を閉《と》じていた。

ごそごそ。洞窟《どうくつ》の床《ゆか》の上で、子どもたちがすわりをなおす。

「サリーたち、まさか、ほんとに『黄金の翼竜《ゴールデンウィング》』って名字《みょうじ》にしたの？」

サラ・エミリーが口を開く。

「でも、それって、ちょっと変じゃない？」

竜《りゅう》は、怪訝《けげん》な表情《ひょうじょう》をうかべると、彼女《かのじょ》の目の前に顔をかがめた。

「変ですって？　変ねえ……」

ちょっとばかり、むっとしているようだ。

「あなたは、わたしの名前が〝変〟だと、そうおっしゃりたいの？」

サラ・エミリーは、あわてて訂正《ていせい》する。

「とんでもありません。きれいな名前だと思います。悪い意味で言ったんじゃないんです。ただ、そのまんま名字《みょうじ》にしちゃうって、ちょっとふつうじゃないなって……」

フン。竜《りゅう》が軽く鼻を鳴らした。まだ、しゃくぜんとしない様子。

「ねえ、先を続けて」

サラ・エミリーがお願いする。

「サリーはどうなったの？　川はわたれた？　みんな無事だった？」

「彼《かれ》らは無事、川をわたりました」

ふたたび竜《りゅう》が語り出す。

「そして、そのまま〝自由の地〟に落ち着いたの。一家は安全に暮《く》らしたわ。サリーのお父さんが小さな鍛冶屋《かじや》を開いてね。ただ、サリーは、残してきたほかの奴隷《どれい》たちのことが、気になって気になってしかたがなかった。だから、彼女《かのじょ》は大人《おとな》になると、そっちの方面で活動するようになったわ。森の中の秘密《ひみつ》の道をたどっては南にもどり、多くの逃亡者《とうぼうしゃ》を北にみちびいたの。多くの奴隷《どれい》を解放《かいほう》し、自由にしたのよ。やがて南北戦争が勃発《ぼっぱつ》。北が勝ったあとは、エイブラハム・リンカーン（南北戦争時のアメリカ大統領《だいとうりょう》）が奴隷解放《どれいかいほう》の運動を引きついだわ。戦後、サリーは読み書きを習い、学校の先生になった」

「彼女《かのじょ》、チョウになって飛び立ったのね……」

ハナがつぶやく。

「ジャミーは？　彼《かれ》はどうなったの？」

ザカリーがたずねる。

竜《りゅう》の表情《ひょうじょう》がくもる。

「彼《かれ》は、北部連合軍に加わったわ。そして、ゲティスバーグの戦いで戦死した……。多くの人の自由のために戦って、死んだの」

竜《りゅう》の足もとで両足を投げ出してすわったまま、ザカリーがつぶやく。

「『戦う価値《かち》があるもの』……か……」

「わかった！」

とつぜん、ハナが大きな声で言う。

「なんでサリーのお話を聞かせてくれたのか、わかったわ。サリーのお話だけじゃない。ほかのお話も全部ひっくるめて。すべて〝自由〟についてのお話だったのね！　そうでしょ、ファフニエル。わたしたちが混乱《こんらん》してたから選んだお話だったんでしょ！　たしかにわたしたち、キングさんの言うことをもっともだと思いかけてた。でも今は、彼《かれ》が完全にまちがってるってわかるわ」

「キングさんは、本気でファフニエルを守りたいわけじゃないんだよね！」

ザカリーが続ける。

「たんに、自分の財産《ざいさん》を一つ増《ふ》やしたいだけなんだ」

「ファフニエルは〝もの〟じゃないもん」

サラ・エミリーも割《わ》りこむ。

「わたしたちだって、ファフニエルをどうするかなんて決められない。だって、ファフニエルはわたしたちのものじゃないもん。だれのものでもない。彼《かれ》自身のものだもん」

「〝彼女《かのじょ》〟自身だってば」

ハナがあわてて耳打ちする。

うんうん。黄金の竜《りゅう》は、感心したようにうなずく。

「あなたたちなら、ちゃんと理解《りかい》してくれるはずって、信じてた」

それから、あらためて憤慨《ふんがい》したように鼻を鳴らした。

「フン。自然保護《ほご》なんてお題目で竜《りゅう》を口説《くど》けると思ったのかしら。まったく」

心から軽蔑《けいべつ》したような口調だ。

「ぼくたちだって、キングさんの提案《ていあん》なんて受け入れたくないです」

あらたまってザカリーが言う。

「でも、ぼくたち、ただの子どもです。相手は大金持ちで、すごい力を持ってる。ぼくたちがだめって言っても、聞かないかもしれません。ぼくたちに、いったい何ができるでしょう？」

竜《りゅう》は、金色の爪《つめ》をひらひらさせると、感慨《かんがい》深そうに言った。

「まったく、人生ってのは決断点《けつだんてん》の連続なり、よね」

「何それ？　わからないわ」

ハナが怪訝《けげん》な顔をする。

竜《りゅう》は軽く鼻を鳴らす。

「そうね、たとえば朝ごはんの前……」

「朝ごはん？」

ザカリーが、おうむ返しにたずねる。

「そう、朝ごはんの前」竜《りゅう》がくりかえす。「典型的な決断点《けつだんてん》の一つよ。まだこの時点では選択《せんたく》の余地《よち》がたくさんあるわ。オートミールにするもよし、目玉焼きにするもよし。ブラン（小麦の外皮）のシリアルにしようか、それともゼリービーンズ（豆状《じょう》のゼリー菓子《がし》）にしようか。トーストか、タコスか。でも、答えはかんたんに出る。二者択一《にしゃたくいつ》で次から次へと好きなほうを選んでいって、最後に残ったものを口にすればいいのよ。いちばん幼《おさな》い竜《りゅう》にだってできる決断《けつだん》」

「でも……」

サラ・エミリーが口をはさもうとする。

竜《りゅう》は無視《むし》して続ける。

「ただ、ゼリービーンズだけは選んじゃだめよ。それだけじゃ栄養が足りないし、そもそも小さすぎるわ」

真顔だ。

「あの……よくわからないんですけど……」

サラ・エミリーが、ふたたび口をはさもうとする。

「そりゃあ、そうでしょう。だって、あなたたち、頭使ってないんだもの」

そう言うと、竜《りゅう》は特大のあくびをした。

「問題に直面したら、一つ一つの手、策《さく》を、よく比較検討《ひかくけんとう》すること。そして最善《さいぜん》の手をみちびき出したら、それをやりぬくこと。ね、かんたんでしょ？」

竜《りゅう》は、あらためて鼻の奥《おく》から子どもたちをまっすぐに見つめると、続けた。

「物事の道理を学ばなくてはね、あなたたち。竜《りゅう》らしく」

夕飯を食べ終えたばかりの三人は、マヒタベルおばさんの居間《いま》にいた。ハナは、サラ・エミリーにチェスを教えている。チョコレートプリンを三杯《ばい》おかわりしてすっかり満腹《まんぷく》のザカリーは、ガラスとびらの本棚《ほんだな》の前までよたよた歩いていくと、腹《はら》ばいになってたおれこみ、漠然《ばくぜん》と本の背表紙《せびょうし》をながめはじめた。

「小さな、とがった帽子《ぼうし》をかぶっているこの駒《こま》が、ビショップね」

ハナが説明する。

「こんな感じでななめに動かせるの。ほら、よそ見しないで、ちゃんと見ててよ、サラ・エミリー」

「だって、しょうがないでしょ」

サラ・エミリーが口答えする。

「どの駒《こま》も、とってもかわいいんだもん。ほら、見て。このルークの駒《こま》の塔《とう》のところ。本物のお城《しろ》そっくりでしょう？　こっちのクイーンなんて、ちっちゃな銀の玉の冠《かんむり》してる」

「あなたのそのクイーン、わたしのビショップのなめ延長線《えんちょう》上にあるんですけど」

ハナは根気よく、説明を続ける。

「ビショップはななめに動けて、それ、取れちゃうんですけど」

「あっ！」

サラは、あわててクイーンの位置をずらす。

「なるほど、そっかそっか」

「だれも読みたがらないね、こんな本」

たおれこんだまま、ザカリーが言う。

「とってもつまらなそうだもん。『ドクター・テイフィルス・バンブレージによる、さまよえる精霊《せいれい》の収集《しゅうしゅう》』、『デラウェア州のアオウキクサ――その植物学上の解説《かいせつ》』、『論文《ろんぶん》――インド、セイロンにおける密林《みつりん》地帯の家禽《かきん》について』だってさ」

「セイロンって、どこ？」

サラ・エミリーがたずねる。

「あと、密林《みつりん》地帯の家禽《かきん》って、何？」

「セイロンは、今で言うところのスリランカね。インド洋にうかぶ島の名前」

緑のポーンを動かしながら、ハナが答える。

「密林《みつりん》地帯の家禽《かきん》っていうのは、ニワトリみたいな鳥のことだと思う。野生のニワトリね、たぶん。あっ、だめよ、エス・イー。ルークはそこには動けない。たてか横にしか進めないの」

「ほかは、変わった辞書ばっかだ」

肘《ひじ》を使い、身体《からだ》をくねらせ、ザカリーが本棚《ほんだな》ににじりよる。

「サンスクリット語（古代インドで生まれた言語）だって。こっちは、チェロキー語（北米先住民の一部族の言語）の辞書だ」

ザカリーは、ガラスとびらを開けると、中の一さつを引っぱり出した。

「これはドイツ語だね。でも、文字が変わってる。あのバカでかい旧式《きゅうしき》の聖書《せいしょ》で使ってるような文字だ」

「チェック（「詰《つ》み」の意）！」

ハナが言う。

「ド・ナー・ス・チ・ラ・グ」

ザカリーが、低く、おどろおどろしい声で読み上げる。

「ってのは雷鳴《らいめい》のことらしい。レ・ブ・ク・チェ・ンは、ショウガ風味のクッキーのこと。シュ・ウェイ・ゲプ・フリット、これは、ぼくらが今していることだ。秘密《ひみつ》を守ること、約束って意味」

「シュ・ウェイ・ゲプ・フリット」

なぞって口にしたサラ・エミリーが、くすくす笑う。

「チェックだってば！」

ハナがくりかえした。

チェス盤《ばん》に目を落としたサラ・エミリーの表　情《ひょうじょう》がくもる。

「やっぱりわたし、チェスに向いてないと思う」

「そんなことないってば」

ハナが言い返す。

「ややこしいけど、ちゃんとこつがあるのよ。常《つね》に先を読むの。二者択一《にしゃたくいつ》の組み合わせを……ファフニエルが言うように……。ほら、キングをこっちに逃《に》がせばいいのよ。ね」

「キ・ン・グ……と」

辞書をめくりながら、ザカリーがつぶやく。と、とつぜん、声にならない声を出すと飛び上がり、その場に正座《せいざ》した。かなりびっくりしている。顔面は蒼白《そうはく》。そばかすがうき出ている。

びっくりしたハナが、チェス盤《ばん》から身を起こす。

「何？　どうかしたの、ザカリー？　気分悪いの？」

ふるえる声で辞書を指さしながら、ザカリーが言う。

「コーニックだったんだ」

「コーニック？」

サラ・エミリーが眉間《みけん》にしわを寄《よ》せる。

「そう、コーニック」

ザカリーがくりかえす。

「つまりキングだ。ドイツ語でいうところの」

それからしばらくの間、あまりに早口でまくしたてたので、ザカリーの言葉は、ところどころ順番がおかしくなっていた。

「手紙、覚えてるでしょ？　マヒタベルおばさんの。名前の男の子はヨハン・ピーター・コーニックだ。大きくなってるはずなんだ、彼《かれ》は。成長してね。とってるはずなんだ、年を」

ザカリーは、ハナとサラ・エミリーの顔を交互《こうご》に見くらべながら、続けた。

「キングとコーニック、コーニックとキングだ。まだわからない？　ヨハン・ピーターがもどってきたんだよ！　J・P・キングこそが、ヨハン・ピーター・コーニックなんだ！」

17　とらわれ

「J・Pがヨハン・ピーターってことなの？」

　サラ・エミリーはまだ、しゃくぜんとしない。

「筋《すじ》は通ってるわね、たしかに」

　ハナが、かみしめるように言う。

「ヨハン・ピーターは、浜辺《はまべ》で〝痕跡《こんせき》〟を見つけたんだったわよね。おばさんの手紙、覚えてる？　そのとき、彼《かれ》は、それが本物だって確信《かくしん》したのよ。だれがなんて言おうとも。そして、何年も何年もわすれずにいた。そして、ついにもどってきたのよ」

「決してあきらめない人……か。だれもが認《みと》める、あきらめない人」

　ザカリーがつぶやく。

「ファフニエルに教えなきゃ。あぶないって」

サラ・エミリーの声は少しふるえている。

「今夜はだいじょうぶ。彼《かれ》らはまだ、洞窟《どうくつ》の正確《せいかく》な位置を知らないからね、エス・イー」

安心させようと、つとめて落ち着いた口調でハナが言う。

「でも、朝いちばんに行って警告《けいこく》しなきゃ。もしかしたらだけど、しばらく、どこか別の場所にいてもらうことになるかもね」

そう言うと、ザカリーは腕《うで》組《ぐ》みをした。

「別の〝安息《あんそく》の地〟に行っちゃうの？」

サラ・エミリーの目に涙《なみだ》がうかんでくる。

「だれも、そんなこと望んでないわ……エス・イー」

そう言ってはみたものの、ハナは内心、無力さも感じていた。

「でも、もし、それでしか彼《かれ》の安全が守れなかったら？」

サラ・エミリーのほほを涙《なみだ》がつたう。


翌朝《よくあさ》は、子どもたちの気持ちそのままの空《そら》模《も》様《よう》だった。寒く、ものさびしく、灰色《はい》の朝。

三人は洞窟《どうくつ》へと向かう。頭の上には暗雲が垂《た》れこめ、刺《さ》すような風が吹《ふ》きつける。濡《ぬ》れたシーツでペシペシたたかれているみたいだった。

スウェットのフードを深めにかぶり、耳を守る。スウェットの上からは、ベストを着用。そして今日は、スニーカーではなく、登山靴《ぐつ》をはいていた。

子どもたちは、たて一列で、なじみの小道をとぼとぼ進む。無力でみじめな気分。だれも、何もしゃべる気になれなかった。サラ・エミリーは、やっとの思いで朝食を飲みこんできた。ザカリーでさえ、四まいめのトーストは残した。

唐突《とうとつ》に、ハナが口を開く。

「前方に問題発生」

ドレイクの丘《おか》のふもと、人影《ひとかげ》が二つならんで立っている。どうやら、子どもたちを待ちかまえていたらしい。

一人はJ・P・キング。航空パイロット用のジャケットをはおり、キャンバス素材《そざい》のつばつき帽子《ぼうし》を顎《あご》ひもでしっかりとめている。さらに、革製《かわせい》の大きなふくろを肩《かた》から下げていた。その横に立っているのはミスター・チャンだ。ゆったりした黒いズボン、黒いキルトのジャケット。そして、例の刺繡《ししゅう》の入った帽子《ぼうし》をかぶっている。

親しげなほほえみとともに、ミスター・キングが話しかけてきた。

「おはようさん」

子どもたちが近づくと、さらに続けた。

「同志《どうし》チャンとはもう顔見知りだよね」

ミスター・チャンが、わずかばかりの会釈《えしゃく》をする。

「チャンさんは、北京《ペキン》の大学に勤《つと》める考古学《こうこがく》の先生だ。尊敬《そんけい》に値《あたい》する人物だよ。専門《せんもん》は古代の伝説の生き物。その歴史と伝承《でんしょう》だ。彼《かれ》の研究論文《ろんぶん》は学会でも有名なんだよ。中国は唐《とう》の時代の竜《りゅう》に関する美術《びじゅつ》と文学についての論文《ろんぶん》だ」

竜《りゅう》という言葉を聞いたサラ・エミリーが、びくっとし、ごくっとつばを飲みこんだ。

それに気づいたミスター・キングが、愉快《ゆかい》そうに言う。

「よくわかってるじゃないか、物事の関連性《せい》を」

「あなたが何者か、知っているぞ」

ザカリーがミスター・キングにつっかかる。

「あなたの名前はヨハン・ピーター・コーニックだ。前にもこの島に来たことがあるはず」

ミスター・キングはうれしそうにうなずくと、言った。

「かしこいね、君! 実にかしこい。さては、おばさんからヒントをもらったかな。君たちのおばさんは、実にするどいレディーだからね。ただ、ちょっとばかり〝お人好《ひとよ》し〟すぎかな。

秘密《ひみつ》を守り通したい人間は、自分以外、だれも信用しちゃだめなのにねえ。君たちも知ってのとおり」

「あなたとあなたのお母さんを、友達だと思って信じていたのよ」

ミスター・キングを冷たい目でにらみながら、ハナが言う。

かぶせるようにザカリーが言う。

「全部、おばさんから聞いたんだ」

「ふーん、そう。そうかい」

ミスター・キングは、小きざみに何回かうなずいた。

「じゃあ、わたしが何しにもどってきたか、わかるね。この島は竜《りゅう》をかくしてる。すっかりお見通しだよ」

「そんなバカなこと、あるわけないじゃないですか」

わたしは嘘《うそ》なんてついてない、とばかりに、まっすぐ相手の目を見つめ、ハナが言う。

しかし、ミスター・キングはとりあわない。ぴしゃっと言い返す。

「ちゃんとこの目で見たから。巨大《きょだい》な金色の獣《けもの》が、のぼったばかりの日の光を背《せ》に飛んでいくのを。それを受け、海面は金色にきらめき……」

「そ、それって、蜃気楼《しんきろう》じゃない？」

ザカリーが口をはさむ。すっかり動揺《どうよう》し、今にも裏返《うらがえ》りそうな声だ。

「三人とも、お子ちゃまだねー」

ミスター・キングは余裕《よゆう》しゃくしゃく、愉快《ゆかい》でたまらないといった口ぶり。

「どうも君たちには、物事の関連性《せい》、そして、そこからの推論《すいろん》という概念《がいねん》が欠落してるようだ。わたしの調査《ちょうさ》、そしてここにおられるチャンさんの調査《ちょうさ》によると」

ミスター・キングは、かたわらで静かにたたずむ黒ずくめの人物を指さす。

「古代の生き物が絶滅《ぜつめつ》をまぬがれ、今もひそかに生息している可能性《かのうせい》なんて、いくらでもある。〝この島の奇跡《きせき》〟も古代、歴史の夜明けのころからずっとこの地球上に存在《そんざい》していたんだ。どこか秘密《ひみつ》の場所にかくれて。ごくごくまれにしか人類の前に姿《すがた》をあらわさずに。これは、とほうもない発見だよ。計り知れない富《とみ》と名声をもたらしてくれるね……」

ミスター・キングは、サラ・エミリーの目の前で片膝《かたひざ》をつき、その上に両手を置くと、彼女《かのじょ》に向かって語りかけた。

「ペットを飼《か》ったことがあるかい？　犬でもネコでも。家の中できちんとめんどうを見てあげてるほうが、自然の中に放り出され、自分たちで餌《えさ》をさがす羽目になるより幸せだって思わないかい？　あわれでアホなあの生き物を、この不便な住処《すみか》から解放《かいほう》し、豪華《ごうか》な住居《じゅうきょ》へうつすのに、なんの問題があるというんだい？」

「ファフニエルは、あわれでもアホでもない！」ザカリーがさけんだ。「ちゃんとしゃべれるし、善良《ぜんりょう》で、かしこいんだ！」

「へえ、そうかい、そうかい。へえ」

ミスター・キングは、すっと立ち上がる。

「しゃべれることすら知ってるってことはだ、その、なんて言ったっけ？　ファフニエルだっけ？　そいつがどこにいるのか知らないとは言わせない」

そう言うと、ミスター・チャンに合図を送った。

二人の男が、同時に前へと突進《とっしん》する。J・P・キングがザカリーをとらえ、ミスター・チャンが二人の女の子をつかまえた。

「本当は、こんな真似《まね》したくはないんだよ」

ミスター・キングが、ザカリーの腕《うで》を強くつかみながら言う。

「それに、しゃべるって言うがね、君。実に多くの動物が言葉をなぞる。そのことが、その動物をじっさいより高い知能《ちのう》を持っているように思わせる。でも、あいつらに知能《ちのう》なんてないよ。オウムとか九官鳥《きゅうかんちょう》がいい例だ」

「それとは全然ちがう！」

ハナがさけぶ。

「こらこら」

ミスター・キングは、もがいて逃《のが》れようとするザカリーをたしなめる。

「言うとおりにしてさえくれれば、君にも、君の愛する姉妹にも危害《きがい》は加えないから。われわれを、あの野獣《やじゅう》の巣の前まで連れていってほしい。そうしてくれたら、全員、解放《かいほう》してあげよう。それまでは、まあ〝お客さま〟として、おとなしくしわたしにしたがっていなさい。そのほうが身のためだ」

ザカリーは、絶望的《ぜつぼうてき》な視線《しせん》を姉妹に送る。

「こんなことして、ただじゃすまないんだから！」

ハナの目が怒《いか》りに燃《も》えている。

「それに近づけやしないわ。とっても大きくて獰猛《どうもう》なんだから。火だって吐《は》き出せるんだから」

「そうだそうだ。人間たいまつにされちゃうぞ」

ザカリーも、ミスター・キングたちをこわがらせようと必死だ。

「心配ご無用」

ミスター・キングは、かかえた革《かわ》のかばんをポンポンとたたく。

「特注のクロスボウ（専用《せんよう》の矢を、板バネに張《は》られた弦《つる》に引っかけて発射《はっしゃ》する武器《ぶき》）を持ってきているからね。矢の一本一本に、鎮静剤《ちんせいざい》のカプセルが仕込《しこ》んであるんだ。鎮静剤《ちんせいざい》は、アフリカ像《ぞう》の群《む》れ全部をねむらせられるだけ用意してきた。ぬかりはない。わたしはこいつが、君たちの〝お友達〟にも有効《ゆうこう》だと確信《かくしん》している」

「やめて！　ファフニエルにそんなおそろしい薬を打ちこむなんて、だめ！」

サラ・エミリーがさけぶ。

「ああ、もう、かんべんしてくれよ！」

さけび声が、ミスター・キングをいらだたせてしまったようだ。それまでの親しげな口ぶりは、どこかに行ってしまった。

「別にそいつを傷《きず》つけるのが目的じゃない。鎮静剤《ちんせいざい》は、移送《いそう》する準備《じゅんび》が整うまで動けなくしておくだけのものにすぎんのに……まったく」

吐《は》きすてるように言うと、ミスター・キングはミスター・チャンに目くばせをする。

「男の子とわたしが先導《せんどう》するから」

そして、ザカリーに向きなおる。

「とっとと歩け」

冷たくするどい口調だ。

「そんなんじゃ日が暮《く》れちまうぞ。こっちの方向でいいんだな？　ほら、登れ。登るんだ」

18　竜《りゅう》の友

全員で丘《おか》を登る。

ザカリーとミスター・キングが先行し、ミスター・チャンと女の子二人があとに続く。

やがて、二つのグループの間が開き始めた。たえず後ろからミスター・キングにせっつかれるザカリーが、どんどん登る速度を速めたせいだ。

ミスター・チャンがやたらとちんたら登ることも、二つのグループの距離《きょり》が広がる要因《よういん》の一つだった。一歩登っては足もとの岩を見つめ、ため息をつくといったありさま。わずかずつ、しかし着実に、ミスター・チャンのグループは置いてけぼりにされていった。

ザカリーとミスター・キングは、すでに、ドレイクの丘《おか》の頂上《ちょうじょう》を形成する階段状《かいだんじょう》の岩をよじのぼり始めていた。

「早く！　急いでよ！」ハナが、ミスター・チャンに文句《もんく》を言う。「どんどん引きはなされてるじゃない」

「いいんです。これくらいでいい」

ミスター・チャンが口を開いた。

「はあ？　何がいいの？」

サラ・エミリーの声は、すっかり打ちひしがれた人間のそれだった。

「話があるんですよ。君たちとわたしだけの話がね」

おだやかな口調でミスター・チャンが言う。彼《かれ》はこぶしを開き、てのひらを上に向けると、子どもたちの目の前に差し出した。やせ細った象牙《ぞうげ》色のてのひらの真ん中に、にぶいかがやきを放つ金色の点があった。


「いや、ファフニエルに会ったことはないんですよ、わたし」

ミスター・チャンは話を続けた。

「わたしは、アンドウィーンという名の竜《りゅう》と知り合いでね」

その名を口にした瞬間《しゅんかん》、ミスター・チャンがやさしい目になる。はるか遠く、愛《いと》しいものを見つめる眼差しだ。

「わたし、彼女、アンドウィーンの卵を救ったことがあるんですよ。地震で、住処からころげ出てしまった卵をね。それで、竜の真の友となる名誉をさずかったんです。ずっと昔、まだわたしが子どもで、中国にいたときのことです」

「でも、わかんない」

キツネにつままれたような表情《ひょうじょう》のサラ・エミリーが言う。

「もし竜《りゅう》のお友達なら、なんでキングさんのために働くの?」

「彼《かれ》は、わたしの研究のうわさを聞きつけると、北京《ペキン》までわたしに会いにやってきました。そして、世紀の発見のことをほのめかしたんです。竜《りゅう》、偉大《いだい》なる者がアメリカの島にかくされているってね。わたしは、彼《かれ》についてきて調査《ちょうさ》を始めました。ほかの参加者は真相を知らされていません。隊員たちは、何をさがしているのかさえわかっていないのです。地質学《ちしつがく》上貴重《きちょう》な埋《まい》蔵物《ぞうぶつ》があるって嘘《うそ》を教えられている。隊員の関心をつなぎとめておくには、それくらいで十分ですからね。わたしだけが、J・P・キングが追い求めているものの正体を知っていた。でも、彼《かれ》の真のねらいがわかったのは、つい最近になってから。そして、そのときにはもう、どうすることもできなかった。ただただ、しかるべき妨害《ぼうがい》のタイミングにそなえるしかね……」

「しかるべきタイミングは、今だと思う」

力強くハナが言う。

「手おくれじゃないといいんだけど」

サラ・エミリーは、すっかりやきもきしている。

「竜《りゅう》を信じましょう」

ミスター・チャンが言う。

三人は、巨大《きょだい》な階段状《かいだんじょう》の岩のすぐ下まで来ていた。ザカリーとミスター・キングが、はるか上のほうを登っている。丘《おか》の頂上付近《ちょうじょう》を一周する岩棚《いわだな》、その広くなったところ、海を望む天然の展望台《てんぼうだい》のすぐ手前を登っている。

「急がなきゃ！」サラ・エミリーがさけぶ。「あの二人、もう洞窟《どうくつ》に着いちゃうよ！」

三人は、岩にへばりつくと、一心不乱《いっしんふらん》によじのぼり始めた。女の子二人が先導《せんどう》し、ミスター・チャンがあとに続く。

「だれかが、何か、大声でさけんでる」

ハナが耳をそばだてる。

「ザカリーの声だ」

手を休めずに、サラ・エミリーが答える。

二人は、岩棚《いわだな》の最後の角を曲がりきると、天然の展望台《てんぼうだい》へと飛び出る。洞窟《どうくつ》の手前で、ミスター・キングとザカリーが、顔を真っ赤にしてにらみ合っていた。

「おまえはアホか！」

ミスター・キングが憤慨《ふんがい》している。

「でかい声を出すんじゃない。例の生き物が警戒《けいかい》しちゃうじゃないか。こいつは値段《ねだん》がつけられないほどのものなんだぞ。おつむの足らないおまえらは、こいつの真の価値《かち》がまったくわかっちゃいないんだ」

やっとこさ、ミスター・チャンがハナとサラ・エミリーに追いついた。息も絶《た》え絶《だ》え、手を胸《むね》にあて、苦しそうにあえいでいる。

「そこで、その女どもを静かにさせてなさい、チャン。わたしは、こいつと二人で洞窟《どうくつ》に入るから」

ミスター・キングは、いったんそう命令したものの、「いや、そいつらもいっしょに連れていこう」と、すぐに方針《ほうしん》を変えた。

「このちびどもに先導《せんどう》させるとしよう。きっとこの三人が、うまいぐあいに人間の盾《たて》となってくれるはず。こんなせまい空間で炎《ほのお》を吐《は》き出されたら、致命的《ちめいてき》だからな。爬虫類《はちゅうるい》のお友達も、君たちの命を危険《きけん》にさらすほどおろかではあるまい」

ミスター・キングは、ザカリーの背中《せなか》をこづき、洞窟《どうくつ》の中へと追いやる。ハナとサラ・エミリーにも、早くあとに続くようながした。余裕《よゆう》のない、いらついた表情《ひょうじょう》だ。

「同志《どうし》チャン、おまえも来なさい」

三人の子どもたちは、ひとかたまりにくっついて、しぶしぶ洞窟《どうくつ》の入り口をくぐった。いつもなら、シナモンのような良い香《かお》りのただよう暗闇《くらやみ》に足を踏《ふ》み入れるやいなや、クリスマスの朝のように、わくわくうきうきした気持ちに包まれるのに、今日は絶望感《ぜつぼうかん》しかない。

ジッパーを開ける音がした。ザカリーが、バックパックの中に手を突《つ》っこみ、懐中《かいちゅう》電灯をさがしているのだ。引っぱり出し、スイッチを入れる。ほぼ同時に、後ろからミスター・キングが、より強力な懐中《かいちゅう》電灯の光で、より広い範囲《はんい》を照らし出す。一団《いちだん》は、ゆっくり、しかし確実《かくじつ》に進む。洞窟《どうくつ》を下に、深く、深く。

ハナが、そっとザカリーに耳打ちする。

「チャンさんは竜《りゅう》の友達。われわれの味方よ」

「そうだけど、いったい何ができるっていうのよ？」

サラ・エミリーはやけになりかけている。

「ファフニエルに何かいい考えがあるかもよ。チャンさんが言ってたでしょ！　竜《りゅう》を信じましょうって」

諭《さと》すようにハナがいう。

ザカリーも声をひそめる。

「でも、ファフニエルだって、考える間《ま》もなく、いきなり連れてこられたらどうしようもないと思う。ちゃんと警告《けいこく》してあげないと」

「でも、どうやって警告《けいこく》するの？　寝《ね》てるかもしれないんだよ」

サラ・エミリーがまぜかえす。

「静かに。うるさいぞ！」

後ろからミスター・キングの声が飛ぶ。

「そうだ。ねえ、走ろうよ！」サラ・エミリーがささやく。「そして、ありったけの声でさけぶの。それくらいしかできないでしょう？　でも、それでファフニエルに少しは余裕《よゆう》ができるかも」

「シッ！　うるさい！」

ふたたびミスター・キングの声が飛ぶ。

「わかった、それでいこう」ザカリーが二人にささやく。「いち、にの、さんで、行くよ」

「もう近いわ、早く」ハナがささやきかえす。

「いい？　いち、にの、さん！」

子どもたちがいっせい駆《か》けだした。ミスター・キングをふりきって。そして、でこぼこの石の床《ゆか》につまずきながらも、あらんかぎりの声をふりしぼってさけんだ。

「ファフニエル、あぶない！」

「起きて！　ファフニエル」

「ファフニエル、気をつけて！」

すぐあとから、ミスター・チャンも、警告《けいこく》のうなり声をあげながらついてきた。

暗闇《くらやみ》の中、巨大《きょだい》な何かがすばやく動きまわる音が鳴りひびく。雷鳴《らいめい》のようなその反響《はんきょう》に続いて、何かを擦《す》るような、するどい音。あたり一面が金色にきらめく。洞窟《どうくつ》が明かりで満たされる。

洞窟《どうくつ》の真ん中に、高く高く頭をもたげた竜《りゅう》がいた。金色の翼《つばさ》が、力いっぱい広げられている。三つの頭すべてが起きていた。あざやかな緑、青、銀。三対《つい》の目が、J・P・キングをにらみつけている。

ミスター・キングは、肩《かた》から下げたふくろの中を手でさぐりながら、後《あと》ずさりする。下がりながら、竜《りゅう》の大きさを目測《もくそく》する。そびえる三つの頭の高さ、広げられた金色の翼《つばさ》のはば、矢じりのようにとがったしっぽの先端《せんたん》から付け根までの距離《きょり》。

「すごい」

ミスター・キングがうなる。

「想像《そうぞう》していたのより、ずっと大きい。すごい。いや、すばらしい」

にんまりし、すっかりご満悦《まんえつ》の体《てい》。

「そうかい。残念ながら、おまえさんの印象は、お世辞《せじ》にもすばらしいとは言えないものだがね」

緑目の竜《りゅう》が冷たく言い放つ。

ミスター・キングは、さらに一歩後ろに下がると、見るからに物騒《ぶっそう》なクロスボウをふくろから引っぱり出し、ペットに話しかけるような口調で言った。

「あっという間《ま》だからね。痛《いた》みは感じないからね」

サラ・エミリーは、あまりの光景にわれをわすれて竜《りゅう》に駆《か》けよると、耳打ちした。

「ねえ！　逃《に》げられないの？」

ぐいっ。竜《りゅう》の三つの頭が、同時に前に突《つ》き出された。緑、青、銀、三対《つい》の目が、じっとミスター・キングの目を見すえている。

「飛び立つには、ちょっとばかしせまいんだよね。ここは」

青い目の頭が言う。

「走り去るのも無理。わたしたち、あまり地上が得意な生き物じゃないのよね。よたよた歩きしかできない」

銀の目が続けた。

「でも、逃《のが》れる方法はほかにもある」

落ち着きはらって、緑の目が言う。

「見ちゃだめ！」

とつぜんハナが、小声で警告《けいこく》を発した。

「目を見ちゃだめ。覚えてるでしょ、ファフニエルが記憶《きおく》を消せるの」

子どもたちは去年の夏、竜《りゅう》の持つ、この不思議な力を学んでいた。ファフニエルは、相手の特定の記憶《きおく》だけを消し去ることができるのだ。

すっかり大きくなった竜《りゅう》の目が、宝石《ほうせき》のようにキラキラかがやき始める。エメラルドのような緑に。サファイアのような青に。銀の目はダイヤモンドのかがやきだ。

ミスター・キングは、石のようにその場でかたまってしまった。手はだらしなく両わきにぶらさがり、力がぬけた指の間からはクロスボウがすべり落ち、洞窟《どうくつ》の床《ゆか》にガシャンと落ちる。


「やれやれだよ。これでもう、彼《かれ》は、われわれのことも洞窟《どうくつ》のことも覚えていない」

もううんざりといった感じで青い目が言う。

「それ……その妙《みょう》ちくりんな武器《ぶき》を、どうにかしてくださらないかしら」

銀の目が言う。

ミスター・チャンは大急ぎでクロスボウを拾い上げると、上着にある大きなポケットの一つにねじこんだ。

「これは、わたくしが責任《せきにん》もって始末しておきます」

ミスター・キングは身じろぎひとつせずにいた。瞳孔《どうこう》が開き、目の焦点《しょうてん》が合っていない。口は半開きだ。

「ゾンビ（呪術《じゅじゅつ》によって生き返った死体のこと）みたい。ちゃんと元にもどるの？」

ザカリーがたずねる。

三つの頭はうなずくと、顔を寄せ合った。どうやら、ものすごい早さでたがいの思考を交換《こうかん》しているらしい。

やがて、広げられていた黄金の翼《つばさ》が引きよせられ、折りたたまれた。竜《りゅう》は、洞窟《どうくつ》の床《ゆか》に腹《はら》ばいになる。二つの頭がゆっくりおろされ、両肩《かた》の上におさまる。緑の目と青の目が閉《と》じられた。どうやら休むらしい。銀色だけが起き、悲しげな目でミスター・キングを見つめている。

「この男ならだいじょうぶよ。じきに元にもどるわ。ただ、ここから連れていってもらわないと……せめて海岸のあたりまでね」

ハナは、銀色の目が、あいさつや礼儀《れいぎ》にうるさいことを思い出した。あわてて紹介《しょうかい》する。

「ファフニエル、こちらはチャンさんです」

「光栄ですわ。竜《りゅう》の友よ」

竜《りゅう》が言う。

「こちらこそ光栄でございます」

ミスター・チャンが、深々とお辞儀《じぎ》をする。

とつぜん、サラ・エミリーが大きな声で言う。

「さっき、みんないっぺんに起きてた。三人いっぺんに！　そんなこともできるんだね……」

金色の頭がうなずく。

「ただし、重大な脅威《きょうい》に直面したときだけよ。やむを得ないときにだけ」

そして、ふぅーっと深いため息をついた。

「ああ、もう気力が……。わたくし、つかれちゃった」

竜《りゅう》の頭がゆっくり床《ゆか》の上に横たえられ、銀の目が徐々《じょじょ》に閉《と》じられる。

「ちょっと失礼させていただくわね。もう限界《げんかい》なの……」

銀の目は細くなり、やがて一本の線になった。

「でも、終わりよければ……すべてよし……よね……そう言うじゃない……」

目が完璧《かんぺき》に閉《と》じられ、洞窟《どうくつ》を暗闇《くらやみ》がおおった。

「懐中電灯《かいちゅう》、どこやったっけ……」

ザカリーがつぶやく。がさごそ引っかきまわす音のあと、カチッ、スイッチを入れる音がした。光の輪が、順番に一人一人の顔を照らし出す。光の輪は、竜《りゅう》の巨体《きょたい》を横切ると、静かにたたずむミスター・キングを照らし出した。

ハナが言う。

「早くここから運び出さなきゃ。元にもどる前に」

19　また会う日まで

ミスター・キングのあつかいは、実にかんたんなものだった。命令さえすれば、そのとおりに動いたのだ。まるで従順《じゅうじゅん》なロボットのように。

命令されるがまま、ミスター・キングは、ドレイクの丘《おか》の頂上《ちょうじょう》を一周する岩棚《いわだな》をつたい、階段状《かいだんじょう》の岩をおり、砂浜《すなはま》へとつながる草の丘《おか》をくだった。おとなしく、子どもたちとミスター・チャンのあとにしたがって。

一団《いちだん》の前方、灰《はい》色の海面に、停泊《ていはく》中の白いヨットがうかんでいたが、ミスター・キングは、ただただ、ぼうっと何もない水面をながめている。

「次はどうしたらいいの？　このままじゃ帰せないよ。チャンさんだって、こまっちゃうでしょう？」

サラ・エミリーが言う。

「見て！」

ずっとミスター・キングを注視《ちゅうし》してきたザカリーが、声をあげる。

「ほら、だんだん元にもどってきてる！」

次の瞬間《しゅんかん》、ミスター・キングがぶるぶるっと頭をふった。とつぜん目くらましにあった人のように。そして、キツネにつままれたような表情《ひょうじょう》のまま、手で目をこする。

ミスター・キングは、子どもたちに向きなおると、さわやかな笑顔《えがお》で言った。

「やあ、はじめまして。わたしの名前はJ・P・キング。こちらは、わが同志《どうし》チャンさんだ。たまたまこの島の近くを通りがかってね……」

ミスター・キングは、海を横切るように腕《うで》を動かす。

「実は、ヨット旅行の真っ最中なんだ。それにしても、ここは美しい島だね。観光客は受け入れているのかい？」

子どもたちは、しばらくの間、だまってミスター・キングを見つめていた。

ハナが、ぐっとつばを飲みこむと、おもむろに口を開く。

「あいにくですが、一般《いっぱん》の観光客は受け入れてません。個人《こじん》所有の島ですから。わたしたちのおばさまの島なんです。おばさまは、だれの立ち入りも許可《きょか》していないんです」

「残念だなあ」

一瞬《いっしゅん》、ミスター・キングの表情《ひょうじょう》がくもる。

「でも、このすてきな場所を台なしにされたくないっていう気持ちも理解《りかい》できるぞ、うん。そういうことなら、今すぐ、おいとませねばなるまいな。さあ、チャンさん、行こう！」

ミスター・キングは、力いっぱい子どもたちに向かって会釈《えしゃく》すると、足早に浜辺《はまべ》を横切り始めた。引っぱり上げられたままになっていた白いモーターボート目ざして。

一方、ミスター・チャンは、なかなか立ち去れずにいた。名残《なごり》おしさはかくせない。ゆっくり子どもたちのほうに向きなおると、深々とお辞儀《じぎ》をし、言った。

「三人とも、まことに、竜《りゅう》の友としてふさわしい方々でした。また連絡《れんらく》させてくださいね」

サラ・エミリーがたずねる。

「ほかの隊員さんたちには、なんて説明するの？」

ミスター・チャンは、いたずらっ子のようなほほえみをうかべると、声をひそめて言った。

「こう言うつもりです。残念ながら、キングさんは考えちがいをしていた……って。はじめっから、この島には、興味《きょうみ》深いものなんて何ひとつなかったんだ……ってね」

一通の手紙が、マヒタベルおばさんからとどいた。キイチゴのようなピンク色のインクで書かれた手紙は、傍線《ぼうせん》と称賛《しょうさん》でいっぱいだ。

愛《いと》しい子どもたちへ

そこにいっしょにいられたら……と、どれだけ願ったことでしょう。でも、あなたたちは、自分たちの力で首尾《しゅび》よく問題を解決《かいけつ》したわ。もちろん、勇敢《ゆうかん》な中国人紳士《しんし》の力もお借りしてね。実は、チャンさんからも手紙がとどいていたの。あなたたちの手紙のすぐあとに。そう遠くない将来《しょうらい》、彼《かれ》にもお会いしてみたいものだわ。あなたたちといっしょにね。だって、わたしたちは親類のようなもの。同じ精神《せいしん》の持ち主のようですから。

とにもかくにも、おめでとう。世にもおそろしい脅威《きょうい》からの脱出《だっしゅつ》、おめでとう！

胸《むね》いっぱいの愛と称賛《しょうさん》をこめて、

マヒタベルより

春休みが終わろうとしていた。すでに、父親と母親はロンドン発の飛行機に乗りこみ、明日にはボストンに到着《とうちゃく》する。そのあとは、チャドウィックの港まで車で来て、子どもたち、そしてジョーンズ氏と落ち合う。そういう段取《だんど》りだ。刻一刻《こくいっこく》と、島をはなれるときが近づいていた。

ザカリーは手放しで喜べずにいた。

「誉《ほ》めすぎだよ。とても〝首尾《しゅび》よく〟って感じじゃなかった。だって、あぶなく捕《つか》まるところだったんだよ、ファフニエル」

「でも、だいじょうぶだったじゃない」

サラ・エミリーが反論《はんろん》する。

ハナもまったく喜べずにいた。

「結果的にはそうだけど……」

ため息まじりに言う。

「推測《すいそく》に関しては、だめだめだったわ。二者択一《にしゃたくいつ》で物事を推《お》し量《はか》っていくってやつ……」

「でも、ザカリーは、J・P・キングの正体、ちゃんと見ぬいたじゃない」

サラ・エミリーが言い返す。

「たまたま。偶然《ぐうぜん》、まぐれだよ」

ザカリーの表情《ひょうじょう》はくもったままだ。

「最後にもう一回だけ、ドレイクの丘《おか》に行く時間があるけど……」

ためらいがちにハナが言う。

「きっとファフニエル、寝《ね》ちゃってるって」

ザカリーもあまり気が乗らないらしい。

「それでもいいじゃない」

サラ・エミリーは前向きだ。

「寝《ね》てようが起きてようが、行っちゃえばいいじゃない。ファフニエルがだいじょうぶかどうかを〝わたしたちが〟たしかめたいだけなんだから」

ザカリーがうなずく。

「すでに起きちゃったことは、今さら、とりかえしつかないしね。ただ、今回のことでファフニエルがあの洞窟《どうくつ》を捨てるって決めたとしても、責《せ》められないや」

島最後の一日は、どんよりくもり空。ミスター・キングが上陸した砂浜《すなはま》は、霧《きり》に包まれていた。子どもたちは、ドレイクの丘《おか》のいただきへと続く階段状《かいだんじょう》の岩をよじのぼり、海を一望できる天然の展望台《てんぼうだい》につながる岩棚《いわだな》をまわりこむ。足もとに広がる海は、空虚《くうきょ》で冷たそうな灰《はい》色。白いヨットは影《かげ》も形もない。

懐中電灯《かいちゅうでんとう》のスイッチを入れ、三人は、静かに洞窟《どうくつ》の中へと入っていく。奥《おく》へ、下へ、ゆっくりと。暗闇《くらやみ》の中、懐中電灯《かいちゅうでんとう》の光の輪が、金色のきらめきをさがし求める。来た。竜《りゅう》の鱗《うろこ》からのまばゆい反射《はんしゃ》だ。しかし、偉大《いだい》な竜《りゅう》は起きていなかった。床《ゆか》の上で身をもたげる気配も、吐《は》き出される炎《ほのお》のゆらめきもない。

「もう、わたしたちなんかと話したくないのかも」

ハナが肩《かた》を落とした。

「それって、最悪……」

ふるえる声でサラ・エミリーが言う。

「ねえ、伝言を残さない？　起きたときに読んでもらえるように」

ザカリーが提案《ていあん》した。

「あれでも、ぼくたちなりに、できる精《せい》いっぱいの努力はしたんですって」

「あと、J・P・キングの言うことなんかに惑《まど》わされてゴメンナサイって。もっとうまく守ってあげなきゃいけなかったって」

ハナが続けた。

「そんなのだめだよ」

サラ・エミリーは、姉と兄が思いもかけない言葉を口にした。

「そんなこと書いちゃだめ。ただ、ファフニエルのことがいつもいつも大好きだよってだけ書くの。そして、またすぐ会いたいよって」

子どもたちは、ザカリーのノートを一ページやぶると、伝言を記した。そして伝言のわきに一人一人、自分のサインを書き入れる。

サラ・エミリーは、竜《りゅう》の前脚《あし》の爪《つめ》のわきに伝言を置くと、上から石で重石《おもし》をした。

「ここなら、起きたとき、真っ先に目に入るでしょ」

しばらくの間、三人は、黄金の竜《りゅう》がねむっている姿《すがた》を静かに見守っていた。やがて〝まわれ右〟をすると、物音を立てないよう気をつけながら、ゆっくり洞窟《どうくつ》の入り口へと引き返した。

ザカリーの手の中でゆれる懐中電灯《かいちゅうでんとう》の細かな動きが、洞窟《どうくつ》の壁《かべ》に、いくつもの黄色い線を描《えが》き出す。

サラ・エミリーは、後ろ髪《がみ》を引かれる思いだった。その足取りは重く、気づくと、一人、後ろに取り残されてしまっていた。肩《かた》ごしにふり返り、そっとささやく。

「さようなら、ファフニエル」

と、とつぜん、暗闇《くらやみ》に一筋《すじ》の光があらわれた。緑色のネオンのような光だ。重たい竜《りゅう》のまぶたが、ほんの少しだけ開いたのだ。

「オ・ルボワール、愛《いと》しい子」竜《りゅう》がつぶやく。「そして、ありがとう」

サラ・エミリーは、ザカリーとハナに追いつこうと足を早めた。三人は、ドレイクの丘《おか》をくだり、マヒタベルおばさんの家へと通じる小道を、もくもくと進んだ。それぞれの想いを胸《むね》にいだきながら。

「ねえ、ハナ」サラ・エミリーが口を開く。「オ・ルボワールってどういう意味？」

ハナが答える。

「それ、フランス語よ。『また会う日まで』って意味のね」

著者：レベッカ・ラップ Rebecca Rupp
アメリカの作家。主に児童向けの物語や科学読み物を発表するかたわら、息子３人を在宅学習で育てた経験をもとにして、この分野の教育書も手がける。また細胞生物学の博士号を取得し、『脳みそゼミナール』（原書房）などの著作を発表するなど、雑誌、テレビも含めて幅広い活動をしている。

訳者：鏡 哲生（かがみ・てつお）
1965年、東京生まれ。小学校時代をアメリカのオハイオ州で過ごし、帰国して上智大学文学部卒業。放送局勤務を経て通訳や翻訳の仕事にたずさわる。主な訳書に、T・ウンゲラー『オットー──戦火をくぐったテディベア』、O・ダン／C・ゲイル『おしゃべりレオくん やってきた！』、R・ラップ『孤島のドラゴン』（いずれも評論社）などがある。

■評論社の児童図書館・文学の部屋

危機のドラゴン

二〇〇八年五月二〇日　初版発行

●──著　者　レベッカ・ラップ
●──翻訳者　鏡《かがみ》　哲《てつ》生《お》
●──発行者　竹下晴信
●──発行所　株式会社評論社
〒162-0815　東京都新宿区筑土八幡町二-二一
電話　営業　〇三-三二六〇-九四〇九
　　　編集　〇三-三二六〇-九四〇三
振替　〇〇一八〇-一-七二九四
●──印刷所　凸版印刷株式会社
●──製本所　凸版印刷株式会社
落丁・乱丁本は本社にておとりかえいたします。
商標登録番号　第七三〇六九七号　第八五三〇七〇号　登録許可済

ISBN978-4-566-01226-4　　NDC933　221p.　201㎜×150㎜
http://www.hyoronsha.co.jp